LA
TIGRESSE

DES
FLANDRES

ÉPISODE DE LA DOMINATION ESPAGNOLE

DANS LES PAYS-BAS.

PAR

CONSTANT GUÉROULT.

I

Paris,

LOUIS CHAPPE, LIBRAIRE-ÉDITEUR,

RUE DES BEAUX-ARTS, 5,

LA

TIGRESSE

DES

FLANDRES

ÉPISODE DE LA DOMINATION ESPAGNOLE

DANS LES PAYS-BAS.

PAR

CONSTANT GUÉROULT.

I

Paris,

LOUIS CHAPPE, LIBRAIRE-ÉDITEUR,

RUE DES BEAUX-ARTS, 5,

LA TIGRESSE

DES

FLANDRES.

LA
TIGRESSE
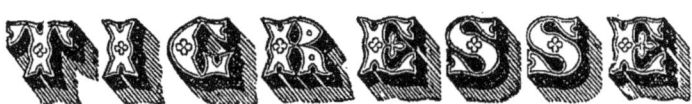

DES
FLANDRES

ÉPISODE DE LA DOMINATION ESPAGNOLE

DANS LES PAYS-BAS.

PAR

CONSTANT GUÉROULT.

I

Paris,

LOUIS CHAPPE, LIBRAIRE-ÉDITEUR,

RUE DES BEAUX-ARTS, 5,

1861

I.

LES VICTIMES.

Vers la fin du mois de mai de l'année 73, trois personnes étaient réunies dans e vaste pièce de l'hôtel de Sterbeck, l'un s plus vieux et des plus somptueux bâ- ients de la place Verte, à Anvers; tou- trois semblaient courbées sous le coup

d'un immense désespoir. Ces personnes
étaient la duchesse de Sterbeck, Noémie,
sa fille, et le comte Popoli, fiancé de
Noémie.

La cause du désespoir qui les tenait
muets et immobiles en face l'un de l'autre, c'était la condamnation à mort des
deux frères de Noémie, dont l'exécution
devait avoir lieu le lendemain.

A la nouvelle de leur arrestation, la
malheureuse mère avait pris aussitôt le
chemin de Bruxelles, et était allée se jeter
aux genoux du duc d'Albe, demandant
avec des pleurs et des cris d'angoisse, la
vie de ses enfants, dont la jeunesse eût
trouvé grâce aux yeux de tout autre

homme, car l'aîné avait vingt ans et l'autre dix-sept à peine.

Mais le duc d'Albe, qui voyait les révoltes se succéder plus fréquentes et plus redoutables que jamais en face des échafauds, du haut desquels il avait cru les écraser, le duc d'Albe, qui se sentait envahi lui-même sous les flots de sang qu'il avait répandus, et entrevoyait déjà, la rage dans le cœur, la nécessité d'abdiquer bientôt peut-être cette toute-puissance restée stérile entre ses mains, le duc d'Albe, plus dur et plus inflexible que l'acier de son épée, vit la pauvre mère se rouler à ses pieds et s'arracher les cheveux comme une insensée, et pas une fibre ne s'émut dans ce cœur de granit; et,

comme il redoutait l'effet d'un pareil désespoir sur une ville où tous les esprits
étaient en fermentation, il envoya l'ordre
au gouverneur d'Anvers et au chef du
conseil des Troubles d'avancer de quelques jours l'exécution des deux frères.

Agée de soixante ans environ, grande
et maigre, d'une distinction remarquable
dans toute sa personne, la duchesse de
Sterbeck, avec sa figure longue et pâle,
ses yeux bleus et calmes, son abondante
chevelure, qui, noire encore la veille du
coup qui l'avait si cruellement frappée,
blanchissait pour ainsi dire à vue d'œil,
la duchesse de Sterbeck offrait le type de
la grandeur la plus imposante, unie à la
bonté la plus parfaite.

Noémie, blonde, avec les yeux bleus et
le doux regard de sa mère, tirait son plus
grand charme d'une expression de mé-
lancolie, dont il était impossible de n'être
pas touché. Ce trait caractéristique se
retrouvait partout, dans le timbre musical de sa voix, dans la lenteur harmo-
nieuse de son geste, dans la gracieuse
nonchalance de sa pose et de sa démarche.
Aussi beaucoup de jeunes gens, appartenant aux premières familles de la Flandre, avaient-ils demandé sa main, avant
même qu'elle n'eût atteint sa seizième
année.

Mais la jeune fille, laissée entièrement
maîtresse de son choix, et résolue à ne
prendre pour époux que l'homme vers

lequel son cœur se sentirait entraîné,
avait refusé tous les partis, jusqu'au jour
où le comte Popoli s'était mis à son tour
sur les rangs. Depuis longtemps déjà elle
éprouvait une vive sympathie pour l'Italien, qu'elle avait rencontré dans plusieurs fêtes. Ce fut donc avec une joie
profonde, quoique discrètement dissi-
mulée, qu'elle l'accueillit et lui permit
d'aspirer à sa main.

Les avantages personnels du comte
Popoli justifiaient au plus haut point la
préférence de Noémie : d'une taille moyenne, pleine d'élégance et de souplesse,
il réunissait à peu près toutes les distinc-
tions du type italien, un profil qui tenait
de l'antique, animé par une teinte d'un

brun ardent, encadré par une chevelure
noire, naturellement bouclée, illuminé
par un regard où éclataient à la fois l'intelligence et la passion. Quelque chose de
doucereux et d'insinuant dans l'expression trahissait le Napolitain et laissait à
l'esprit quelques doutes sur la franchise
et l'élévation du caractère; mais cette
nuance était peu sensible, et il fallait observer le comte bien attentivement pour
la saisir.

La duchesse de Sterbeck n'avait eu sur
le comte Popoli et sur sa famille d'autres
renseignements que ceux qu'il lui avait
donnés lui-même; mais la sœur de celui-
ci avait épousé le comte de Ristaël qui,
portant un des plus beaux noms de la

Flandre, et connu par sa pointilleuse susceptibilité touchant la conformité des alliances, offrait par son choix même la meilleure des garanties.

Ulcérée par le malheur, éclairée par de douloureuses expériences, la duchesse avait un instant exprimé la crainte de voir le comte se retirer d'une famille désormais signalée à la haine et à la persécution des Espagnols. Mais Noémie, repoussant avec énergie un soupçon qui outrageait si vivement le caractère de l'homme qu'elle avait jugé digne de son amour, répondit de son dévoûment et eut la joie de voir justifiées toutes les espérances qu'elle avait fondées sur lui. Non seulement il revint plus assidûment

à partir du jour où les deux frères de
Noémie furent arrêtés, mais il supplia la
duchesse de hâter son mariage pour donner à sa famille un chef dont l'appui,
dans la situation critique où elles se
trouvaient, allait leur devenir indispen-
sable.

— Reprenez courage, madame la duchesse, dit le comte après un long silence, interrompu de temps à autre par un
soupir ou un sanglot, tout espoir n'est
pas encore perdu. Je vous l'ai dit, ma
sœur, la comtesse de Ristaël, voit fré-
quemment la fille de don Gonzalvo Rivarès, chef du conseil des Troubles; la
senora Cornelia lui témoigne une vive
amitié, et, grâce à l'absence du gouver-

neur, don Gonzalvo étant maître de fixer
à son gré le jour de l'exécution, nous pou-
vons espérer un sursis pendant lequel
une demande en grâce parviendra au roi
d'Espagne.

— Hélas ! répondit la duchesse, si le
caractère de cette senora Cornelia est tel
qu'on le dépeint, autant vaudrait tenter
de fléchir le bourreau lui-même.

— Je sais qu'on lui attribue le redou-
blement des rigueurs qui pèsent sur Anvers, depuis que son père y préside le
conseil des Troubles; mais malgré l'aus-
térité sauvage de sa foi religieuse, je ne
saurais admettre une telle barbarie dans
un cœur de jeune fille, et je ne doute pas
qu'à la sollicitation de ma sœur elle ne

fasse tous ses efforts pour sauver vos deux enfants.

— Allez donc trouver sans retard la comtesse de Ristaël, comte Popoli, et que le ciel vous seconde, dit la duchesse en soupirant, mais je ne sens rien battre dans l'immense vide de mon cœur, et une voix funèbre me dit que rien au monde ne pourra les sauver.

— Et moi j'espère, dit l'Italien en se dirigeant vers la porte.

La duchesse resta immobile et comme pétrifiée sur son fauteuil.

Noémie reconduisit le comte jusqu'à la porte qui ouvrait sur le jardin, toutes les portes et fenêtres qui donnaient sur la place étant fermées depuis trois jours.

— Mon ami, mon cher Paolo, lui dit-
elle, vous savez à quel point je vous aime ;
eh bien! sauvez mes frères, sauvez ma
mère, qui ne leur survivrait pas, et il me
semble que mon amour pourra s'accroître encore. Vous êtes jeune, brave, dé-
voué, quels obstacles ne pourriez-vous
vaincre? Vous réussirez, j'en ai le pres-
sentiment, et alors, ah! alors, quel bonheur, quel ravissement succéderont aux
angoisses qui nous tuent aujourd'hui.
Allez, et à bientôt, n'est-ce pas?

— Je me rends directement chez la
senora Cornelia, car le temps est précieux, dit le comte, et si je puis lui parler, peut-être serai-je ici avant une

heure. Adieu, chère Noémie, comptez
sur mon dévoûment.

Noémie lui jeta un regard plein de tendresse à travers ses larmes, puis elle revint s'asseoir près de sa mère, se sentant
au cœur comme un rayonnement d'espoir.

— Nous les sauverons, ma mère, dit-
elle en portant tendrement à ses lèvres la
main de la duchesse; le comte va parler
de nous à cette jeune fille; il va lui pein-
dre notre désespoir, et il est impossible
qu'elle y reste insensible.

— Tout est possible, excepté le salut
de mes enfants; voilà ce que me répond
mon cœur quand je l'interroge, dit la
duchesse sans relever la tête; et pourtant

j'ai tout tenté; à cette heure même,
six cents hommes, six cents cœurs in-
trépides, organisent dans l'ombre un
complot pour les sauver. Ils sont tous
fort braves, tous déterminés à mourir;
ils ont pour chef un Français, un gentilhomme digne de les commander, dont
l'adresse et l'énergie sont sans égales;
mais que pourront-ils contre l'arrêt du
destin?

Pendant ce temps, le comte Popoli se
présentait chez le président du conseil
des Troubles et demandait à parler à la
senora Cornelia. Il lui fut répondu qu'elle
assistait avec son père à une délibération
du conseil et qu'il ne pourrait la voir
avant deux heures. L'Italien demanda

alors de quoi écrire, et dans quelques lignes rapidement tracées, il supplia la jeune fille de vouloir bien lui accorder une audience. Puis il s'en fût chez le comte de Ristaël, où nous allons le précéder.

II.

LA COMTESSE REGINA.

La comtesse Regina de Ristaël était accoudée au balcon d'une élégante maison, un de ces bâtiments sans style déterminé, mais d'un caractère plein de pittoresque, comme on en rencontre encore à chaque

pas en Belgique, et dans lesquels se trahit
l'influence du génie espagnol.

Dans tout l'épanouissement de la jeunesse, car elle paraissait vingt ans à peine,
Regina était belle, mais le caractère dominant de sa beauté était l'étrangeté. Le
premier sentiment qu'on éprouvait en la
voyant tenait autant de la surprise que de
l'admiration; la première pensée qu'elle
inspirait était le désir de pénétrer la nature pleine de bizarreries, de caprices et
de contradictions que trahissait cette tête
à la fois ardente et rieuse, ce regard brillant de finesse et de passion, ce beau
front où siégeaient ensemble la noblesse
et la ruse, la frivolité et l'exaltation, la
raillerie et la foi.

Sa peau brune avait le poli et les tons
lumineux du bronze florentin, chaque
ligne de son visage, ciselée avec une délicatesse et un fini exquis, exprimait une
pensée ou un sentiment. Elle avait des
poses, des façons, des airs de tête dont la
grâce et la liberté tenaient à la fois de la
princesse et de la courtisane, et le mélange de ces deux types se remarquait encore dans sa mise, dont la richesse égalait
l'originalité et le sans façon.

Elle était presque entièrement couchée
sur des coussins de velours rouge empilés
l'un sur l'autre, le coude posé sur la balustrade du balcon, le menton plongé
dans la paume de la main. Sa tête, coiffée
d'une espèce de résille rouge d'or, dont

les glands massifs retombaient de chaque
côté du visage, éclairée par un reflet de
soleil couchant, dont la lumière faisait
resplendir son teint d'or pâle ; cette tête
avait quelque chose de l'immobilité gra-
nitique et de la fixité mystérieuse des
sphynx babyloniens. Une curiosité ardente, profonde, concentrée, étincelait
dans son œil noir, et donnait à ses traits
une exhubérance de vie intime dont
l'effet était merveilleux et le charme irrésistible.

On devinait qu'elle était née sous un
autre climat que celui de la Flandre et
qu'une partie de sa vie avait dû se passer
ailleurs que dans les classes de la société
où toutes les heures sont réglées par l'in-

flexible compas de l'étiquette; on le comprenait surtout au cachet tout particulier
qu'elle imprimait aux riches étoffes dont
elle était couverte et qui sur elle avaient
l'air de splendides oripeaux.

Elle était si complètement absorbée
qu'elle n'entendit pas entrer son frère,
qui s'arrêta un instant sur le seuil à la
considérer d'un air soucieux, puis s'a-
vanca jusqu'à elle, et la voyant toujours
immobile, lui toucha doucement l'épaule
pour lui faire savoir qu'elle n'était pas
seule.

Regina tourna lentement la tête.

— Ah! c'est vous, comte, dit-elle en
reprenant sa première position.

— C'est moi qui viens vous demander un service, Regina.

— Votre demande ne pouvait arriver plus mal à propos, car vous venez de chasser le plus beau rêve !... J'avais jeté mon esprit dans un monde inconnu, j'y trouvais des sensations que je n'avais même pas soupçonnées jusque là et dont la nouveauté me charmait au dernier point, et vous êtes venu détruire tout cela ; je suis donc fort mal disposée, mais n'importe, voyons de quoi il s'agit.

Le comte lui fit part de ce qui venait de se passer chez la duchesse de Sterbeck, de l'espoir que cette mère infortunée fondait sur une démarche de la comtesse de Ristaël près de la senora Cornelia, et il

finit en la priant de l'accompagner
chez celle-ci, ne doutant pas qu'elle ne
lui accordât l'audience qu'il lui avait
demandée.

Regina l'avait écouté d'un air distrait,
et tout en jouant avec les glands d'or de
sa résille. Quand il eut fini, elle resta
quelques minutes sans répondre, puis se
tournant à moitié vers lui, et lui jetant
un regard dont la finesse était inexpri-
mable :

— Monsieur le comte, lui dit-elle,
je ne suis pas prophétesse, cependant,
voulez-vous que je vous prédise, mot
pour mot, ce qui va arriver?

— Parlez, Regina.

— Il va arriver trois choses : l'audience

vous sera accordée, la grâce vous sera
refusée, et vous aurez déchaîné contre
vous la plus furieuse haine de femme que
jamais homme se soit attirée.

— J'avoue que je ne comprends pas.

— Cela va venir... Dites—moi, comte
Popoli, aimez-vous réellement, sincèrement Mlle de Sterbeck ?

— Quelle question !

— Enfin ?

— Je l'aime d'un amour profond, im—
muable.

— Et vous êtes toujours ambitieux ?

— Toujours ?

— Mais cette ambition ne va pas, j'imagine, jusqu'à vous faire commettre des

choses contraires à la délicatesse, à l'honneur!

— Ah ça, ma chère Regina, où voulez-vous en venir avec de pareilles questions?

— Je veux savoir si je puis vous donner l'explication de ma prophétie sans vous exposer à vous rendre coupable d'une de ces petites lâchetés qu'il suffit d'indiquer aux vrais ambitieux pour qu'ils courent au-devant.

— Mon ambition ne s'élève pas à cette hauteur.

— J'en suis convaincue; je puis donc vous parler à cœur ouvert et vous dire la vérité sans détour. Eh bien! cette vérité, c'est que la senora Cornelia vous aime; c'est que, si vous étiez de ces natures de bronze qui sacrifient tout au désir de parvenir, il ne tiendrait qu'à vous d'être son mari avant quinze jours, et peut-être gouverneur des Pays-Bas dans quelques mois; car voilà où elle vise, je l'ai deviné, et son ambition, à elle, est de celles qui peuvent arriver à tout.

Le comte Popoli était resté stupide, anéanti, mais il eût été impossible de saisir sur son visage autre chose que l'étonnement, et peut-être était-il incapable lui-même de discerner le véritable sentiment que soulevait en lui une révélation aussi imprévue.

Un sourire dédaigneux effleura les lèvres de Regina, qui reprit au bout d'un instant :

— Savez-vous ce que ferait un ambitieux, à votre place, mon cher Paolo ?
Cette audience demandée pour obtenir
la grâce de deux amis, il en profiterait
pour déclarer à la senora Cornelia qu'il
l'aime depuis longtemps, et pour lui demander la faveur d'aller assister à ses
côtés au supplice des deux rebelles.

Le comte tressaillit et garda le silence.

— Heureusement, reprit Regina, rien
de pareil n'est à craindre de votre part,
vous aimez Noémie et votre ambition se
contente d'une alliance honorable, d'autant plus honorable pour vous, qu'elle
est complétement désintéressée, puisque
la peine capitale que vont subir les
deux frères de Mlle de Sterbeck entraîne

la confiscation des biens de la famille; et vous avez raison, le bonheur est dans la médiocrité et dans le contentement du cœur.

— Mais, dit le comte en souriant d'un air dégagé, qui vous a révélé la prétendue passion dont Cornelia vous paraît atteinte ?

— Son regard et sa pâleur chaque fois que vous paraissez devant elle.

— J'aurais cru que son cœur était voué tout entier à l'ambition.

— Je l'ai cru longtemps comme vous.

Le comte reprit après un nouveau silence :

— Si vous êtes si sûre de ne vous être pas trompée, et si vous croyez qu'en demandant la grâce des deux condamnés, je

ne fasse qu'exciter contre eux la vengeance de Cornelia, peut-être est-il prudent
qu'un autre se charge de plaider leur
cause, et vous auriez plus de chances que
personne de le faire avec succès, si vous
vouliez bien accepter cette tâche.

Regina partit tout-à-coup d'un éclat
de rire.

— Qu'avez-vous donc? lui demanda le
comte en rougissant.

— C'est une idée bizarre qui vient
de me traverser l'esprit.

— Je serais curieux de la connaître.

— Je me disais qu'il y aurait un calcul
sérieux à faire : ce serait de chercher de
combien de lâchetés se compose la gloire

d'un ambitieux. C'est un problème que je
veux m'amuser à résoudre un jour.

— C'est là un de vos mille caprices, répondit le comte avec quelque embarras,
mais je ne comprends pas l'à-propos de
celui-ci.

— Le caprice va par bonds, et son
plus grand charme est de manquer d'a-
propos, répliqua la jeune femme d'un
ton railleur.

Puis, toisant le comte d'un rapide
coup d'œil :

— Voilà, lui dit-elle, une toilette fort
convenable pour consoler une mère au
désespoir et mêler ses larmes à celles
d'une fiancée, mais ne trouvez-vous pas
qu'il serait bien d'en prendre une d'un

effet moins attristant pour paraître devant une jeune fille, car après tout Cornelia est une jeune fille, quoiqu'elle n'en
ait ni l'esprit ni les façons.

— Je comprends votre pensée et devine parfaitement la raillerie qui se cache
sous ce conseil, répondit le comte ; mais
je vous jure que, pour cette fois, votre
esprit et votre pénétration sont en défaut
et que je ne suis nullement tenté de manquer à la foi que j'ai jurée à Noémie ; ce
serait lui briser le cœur et je vous répète
que je l'aime de toute mon âme.

— C'est parce que vous l'aimez, c'est
parce que vous voulez rendre la vie à ce
pauvre cœur, que vous allez quitter des
habits dont le moindre inconvénient est

de paraître afficher le deuil des rebelles
condamnés par le père de Cornelia.

— Mais, dit le comte après un moment
d'hésitation, est-ce que vous n'avez pas
consenti à faire vous même cette démarche ?

— Oui, certes, mais vous ne prétendez
sans doute pas faire à la senora Cornelia
Rivarès l'affront de ne pas vous rendre à
une audience que vous avez sollicitée ?

— Cependant l'objet de cette audience
n'existant plus...

— Il faut en trouver un autre et je
m'en rapporte pour cela à votre imagination. Seulement n'allez pas oublier, près
de l'Espagnole, les serments échangés
avec la Flamande.

— Rassurez-vous, Regina, et, je vous en prie, ne parlez plus avec cette légèreté d'une famille si cruellement éprouvée.

Regina devint tout-à-coup sérieuse, et regardant le comte en face :

— Vous semblez m'accuser de dureté de cœur, lui dit-elle, et voilà ce que je ne veux pas laisser passer. Une fois pour toutes, je veux bien vous le dire, j'ai horreur des gens qui cachent sous un masque de vertu les sentiments les plus hideux ; ce que je crains par dessus toutes choses, c'est de leur ressembler et je veux l'éviter à tout prix. Vous avez maintenant le secret de mon apparente légèreté en ce qui touche les choses du cœur.

Puis se levant avec une grâce et une légèreté d'oiseau :

— Décidément, dit-elle au comte en reprenant son ton habituel, changez-vous de toilette ?

— Je me rends à vos conseils, Regina.

— Allez donc ; je vais me faire moi-même aussi belle que possible, nous nous rendrons immédiatement chez Cornelia, et si je n'obtiens pas que l'exécution de ces pauvres jeunes gens soit retardée jusqu'au jour où l'on aura pu recevoir la réponse du roi d'Espagne, je vous jure que ce ne sera pas ma faute.

Comme le comte allait se retirer, elle le rappela.

— Dites-moi, mon beau comte, je vous

ai dit quand vous êtes entré, que vous
m'aviez brutalement dissipé un très-beau
rêve, et vous n'avez pas même eu la curiosité de me demander à quoi je rêvais.

— Je suis dans mon tort, chère Regina, et je vous assure que je serais très-
heureux de connaître...

— Tenez, dit la jeune femme en lui
montrant la maison qui faisait face à la
sienne. Savez-vous qui habite cette
maison ?

— Je ne m'en suis jamais inquiété.

— Et bien, c'est Mme Roosendal.

— Ah ! la femme de ce riche marchand?

— Oui.

— On la dit bien belle.

— Merveilleusement belle ne serait pas

assez dire. Je veux vous la montrer un
jour, et vous conter les rêveries qu'elle a
fait éclore dans mon cerveau.

— A moins que d'ici là elles ne soient
chassées par des rêveries toutes contraires.

— Peut-être.

— Ah ! j'allais oublier de m'informer
du comte.

— Mon mari ! toujours retiré dans son
cabinet sombre, où nous le trouverons
quelque jour transformé en pierre, à coup
sûr.

— Et vous ne soupçonnez pas la pensée
qui l'absorbe ainsi jour et nuit ?

— C'est son secret; je n'ai jamais cherché à le pénétrer.

III.

RÊVES.

Le comte reprit après un instant de silence :

— Il y a là un mystère qui m'inquiète.

— Pourquoi ?

— Je l'ignore, mais cette tête qui se dessèche de jour en jour, cet œil sombre

qui se creuse sans cesse, les regards
étranges qu'il vous jette parfois et dont
il serait impossible de définir le sens,
tout cela me tourmente et me fait craindre
souvent...

— Quoi ?

— S'il avait appris... tout ce qu'il y a
dans le passé ?

— Comment ?

— Je ne sais, mais ses étranges façons,
le changement complet de ses manières
à votre égard, tout me ramène à cette
pensée, qui me fait frémir.

Regina haussa dédaigneusement les
épaules.

— Vous vous effrayez de peu de chose,
mon pauvre Paolo, lui dit-elle. Allez, le

comte voit comme je veux et croit ce qu'il
me plaît ; mon empire sur son esprit est
inaltérable, et cette tête frivole, ajouta-t-
elle en se touchant le front, tourne la
sienne au gré de sa fantaisie, comme la
vôtre, mon beau comte, quoique vous
puissiez faire pour vous y opposer. Mais
s'il arrivait que mon noble époux parvînt
à se soustraire à ma domination, si le
malheur que vous redoutez venait à se
réaliser, eh bien ! je vous assure qu'il
n'aurait pas le pouvoir de mettre un
nuage sur mon front, ni un souci dans
mon âme. Je brave le destin, c'est le
moyen de le dominer. Mais hâtons-nous,
et ne risquons pas de faire attendre la

senora Cornelia. Vous viendrez me re-
prendre ici.

Au bout d'une demi-heure le comte
Popoli et la comtesse Regina de Ristaël
se trouvaient de nouveau réunis à la
même place où nous venons de les voir ;
Regina à demi-couchée sur ses coussins,
le comte assis à quelques pas d'elle.

— Ne m'avez-vous pas dit que vous
aviez demandé votre audience pour deux
heures, demanda Regina ?

— Oui, répondit le comte.

— Il n'est qu'une heure et demie, nous
avons donc encore une demi-heure à
nous. Mais qu'avez-vous donc ? Comme
vous voilà sombre ! Ce n'était pas la peine

de changer d'habit, si vous gardez votre figure de deuil.

— Je suis soucieux tout au plus, répondit le comte ; mais vous-même, vous avez l'air tout rêveur.

— C'est plus que de la rêverie, c'est de la réflexion, ou plutôt je pense que je suis en train de me transformer.

— A quoi faut-il attribuer ce phénomène ?

—A celle dont je vous parlais il y a deux heures ici même, dont la pensée ne me quitte plus et dont le charme agit sur moi, quoique je ne lui aie jamais adressé la parole, quoique jamais nos regards ne se soient rencontrés, à Mme Roosendal enfin. Tenez, il faut que je vous dise les

divagations auxquelles m'entraîne son
seul voisinage et ensuite je réclamerai de
vous un grand service.

— Ne suis-je pas à votre discrétion.

— Je dois vous prévenir d'abord que
ce que je rêve, c'est tout simplement l'im·
possible.

— Ceci rentre un peu dans vos habi·
tudes.

— Je voudrais pouvoir souffler sur ma
vie passée, et en faire disparaître jusqu'à
la plus légère trace, jusqu'au moindre
souvenir ; puis, au lieu de cette existence
d'aventure, de folle insouciance et d'in·
dépendance absolue qui m'a toujours été
si chère, voici celle que j'adopterais. D'a·
bord, chose que je n'ai jamais connue et

dont, par cela même, je me fais l'idée la
plus charmante, la plus fausse peut-être,
j'aurais une *mère* et un *foyer*. Une mère
qui, tous les jours, m'enlèverait de mon
berceau dans ses bras, deux beaux bras
blancs que j'ai souvent vus en rêve, deux
bras maternels, largement, superbement
modelés, faits pour recevoir et bercer une
tête d'enfant ; une mère qui, après m'a-
voir fait faire ma prière, les mains jointes
dans les siennes, les yeux levés sur ses
yeux, à elle, tout mon ciel et toute ma
providence, peignerait mes cheveux
blonds, les réunirait en tresses, m'habil-
lerait avec ce soin et cette passion que
comprennent seules les mères, et, m'as-
seyant à ses pieds, m'apprendrait à lire

dans quelque saint livre tout resplendis-
sant d'enluminures.

Un foyer où l'hiver, quand le vent sif-
fle et que la neige s'entasse silencieuse-
ment sur le pavé de la rue, je viendrais
m'accroupir en face des beaux châteaux
qui s'élèvent et s'écroulent sans cesse
dans les bûches embrasées ; où, le jour
de Noël, me levant au point du jour,
m'approchant pieds nus, tremblante et
curieuse, je trouverais dans ma pantoufle
un déluge de jouets et de bonbons apportés là par l'enfant Jésus. Oh! le beau
rêve! et qu'il y a loin de cette enfance
imaginaire à mon enfance réelle! Qu'il
y a loin du doux esclavage que vous im-
pose la touchante sollicitude d'une mère,

à cette vie en plein air, en plein soleil, à travers les buissons, les vêtements déchirés et les cheveux épars, qui fut toute mon enfance à moi !

Mais je poursuis mon rêve. Je me vois jeune fille, travaillant sous les yeux de cette mère attentive à guider mon inexpérience ; l'accompagnant à l'église où, les yeux baissés sur mon missel, je devine, sans les voir, tous les regards fixés sur moi ; enfin, me retirant le soir dans ma chambre tendue de blanc, et là passant lentement en revue toutes les émotions du jour, émotions innocentes et chastes, et qui cependant font monter la rougeur à mon visage. Quelques années se passent ainsi ; puis je me marie,

non à quelque prince incomparable,
comme en rêvent toutes les jeunes filles,
mais à quelqu'un de ces honnêtes bourgeois dont j'ai ri si souvent avec vous.

Alors je me voue tout entière avec bonheur, avec passion, à tous les détails de
la vie domestique pour lesquels vous m'a-
vez vu témoigner une si profonde horreur ; à mon tour, j'ai des enfants, et ils
sont sans cesse sous mes yeux ; j'ai une
nombreuse famille, et je la réunis souvent à ma table, où je suis heureuse de
présider, où je jouis avec orgueil du luxe
de mon beau linge damassé, de mes cris-
taux taillés et de ma riche argenterie.
Tous mes plaisirs se bornent à ces fêtes
d'intérieur, à accompagner le dimanche

mon mari et mes enfants à l'église et à
la promenade ; à veiller à ce que l'ordre
le plus parfait, la propreté la plus minutieuse règnent par toute ma maison ; à ce
que les vêtements et le linge soient toujours en bon état ; à ce que chaque domestique fasse en conscience le travail
qui lui est confié...

— Est-ce bien sérieusement que vous
parlez ? demanda le comte à sa sœur.

— Très-sérieusement, répondit celle-
ci ; vous voyez donc bien que cette fois
c'est l'impossible que j'ambitionne.

— Pauvre Regina ! dit le comte, non
seulement votre rêve est irréalisable,
mais cette destinée, dont le calme harmo-
nieux offre tant de charme à votre imagi-

nation, vous lasserait bien plus vite que toute autre; toute cette poésie bourgeoise, poésie réelle et vivifiante pour certaines âmes, serait mortelle pour votre nature de feu, et vous ne tarderiez pas à comprendre que vous aviez pris pour une vocation une des mille fantaisies qui traversent votre esprit, ardentes et fugitives comme l'éclair. Demain vous ne vous souviendrez même plus de cette folie.

— Vous vous flattez donc de me connaître, beau comte, dit Regina?

— Le ciel me préserve d'une pareille présomption, répondit le comte, je sais que vous êtes une créature bizarre, folle comme un enfant, capricieuse comme un oiseau, sage comme un vieillard, spirituelle comme personne, capable de tout, même d'un trait sublime ; mais ce que je sais surtout, c'est qu'il n'est donné ni à moi, ni à qui que se soit de vous connaître, c'est que vous échappez à tous les calculs, à toutes les suppositions, et qu'il est impossible de prévoir en ce moment ce que vous ferez dans une heure.

— Tenez, dit Regina, je veux bien vous dire d'où m'est venue tout-à-coup mon inexplicable fantaisie. Voici la maison de Mme Roosendal ; tous les jours à la même heure, je la vois sortir avec son fils, qu'on prendrait pour son jeune frère, car elle paraît trente ans à peine, et sa beauté atteint en ce moment son plus haut degré de splendeur et de pureté. L'innocence

I   4

de sa vie, le calme radieux de son âme,
l'ordre et la régularité de ses occupations,
la noblesse de son caractère, tout cela est
écrit sur elle, dans sa démarche à la fois
simple et imposante, dans son port de
tête modeste et fier, et jusque dans les
plis de sa robe, qu'on dirait drapés par
la pudeur même. Là où elle passe, tout le
monde se range pour elle comme pour
moi, mais c'est avec un autre sentiment;
tous les regards la suivent comme ils me
suivent moi-même, mais avec une autre
expression; enfin, je comprends que si
nous paraissions toutes deux dans une
réunion, tous les égards et tous les honneurs seraient pour elle, et je reconnais
que ce serait justice. Eh bien! cette

femme, sa vie, son entourage, ses émotions, son passé et son avenir, voilà ce qui
me séduit, voilà ce que j'envie.

— Vous êtes peintre et poète, ma chère
Regina, voilà tout ce que cela prouve ;
seulement, ne pouvant jeter sur la toile le
tableau que vous avez composé, ne pouvant davantage répandre en vers le poème
que vous avez imaginé, ne sachant que
faire alors de vos aspirations, n'ayant pas
la ressource de vous en débarrasser par
la plume ou par le pinceau, vous vous
croyez appelée à vivre de la vie de votre
rêve.

— Cette femme, reprit Regina en pour-
suivant toujours sa pensée, m'inspire en
même temps une admiration qui va par-

fois jusqu'à m'arracher des larmes et une
haine qui ne connaît pas de bornes. Je
l'admire, enchâssée dans sa vertu comme
une madone dans sa niche de fleurs im-
maculées ; je la hais, parce qu'elle tient
dans le monde la place que je voudrais y
occuper, parce qu'elle a tout ce qui me
manque, l'estime et l'adoration d'un
mari qu'elle aime et qu'elle honore ; l'a-
mour, ou pour mieux dire, le culte d'un
fils qu'elle idolâtre ; le suprême bon sens,
qui est l'esprit des grands cœurs ; l'admiration de toute une ville ; une beauté de
vierge et une âme d'enfant ; tous les ra-
vissements de la mère et de la femme,
tout enfin, elle a tout, et moi je n'ai rien !

— Allons, dit le comte Popoli, vous vous

êtes enivrée de votre idéal et vous le voyez
à travers les vapeurs qui troublent votre
esprit, je n'essayerai donc pas de vous
parler raison ; je me contenterai de vous
montrer l'une des ombres de ce tableau
qui vous apparaît si brillant de lumière.
Ce fils, qu'elle aime de toutes ses entrailles
de mère, ce fils qui est sa vie et son sang,
pour qui et par qui seul elle existe, ce fils
près duquel elle a passé jadis des jours et
des nuits sans sommeil, lorsqu'atteint
d'une maladie contagieuse et mortelle,
tout le monde s'éloignait de lui, eh bien !
ce fils adoré, elle le verra tomber demain
peut-être aux mains des bourreaux, qui
lui trancheront la tête après avoir brisé
ses os et déchiré sa chair.

— Oh ! malheureuse ! malheureuse
femme ! s'écria Regina en se tournant vers
le comte avec des yeux effarés.

Elle reprit aussitôt :

— Mais ce n'est qu'une supposition,
n'est-ce pas ?

— Oui, mais une supposition très-vrai-
semblable ; sans connaître les membres
de la conspiration dont on a été prévenu
ces jours-ci, on sait que presque tous les
jeunes gens appartenant à la haute bour-
geoisie en font partie, et l'âge, ainsi que
la position et le caractère bien connu du
jeune Christian Roosendal, me font croire
qu'il doit être un des premiers sur la liste
des conjurés.

— Savez-vous que ceci est affreux à

penser, dit Regina, et que la pauvre femme...

— Eh bien! êtes-vous toujours tentée de l'envier?

— Que voulez-vous, s'écria la jeune femme, il faut un aliment à mon imagination, et je n'en trouve pas autour de moi. Je suis tourmentée d'un besoin d'émotions, d'une soif d'inconnu qui me dévorent sans relâche. Quand, retournant ma pensée sur mon âme, je me mets à regarder dans moi-même, elle m'apparaît comme un ciel sombre, immobile et morne, avec un horizon de flamme, où frémissent de temps à autre les sourds rugissements d'un tonnerre lointain, sinistres précurseurs de quelque terrible

orage. Sur cet horizon sanglant, je vois
passer des ombres qui personnifient mes
sentiments et mes aspirations, les unes
blanohes et pures comme des archanges,
les autres fières et menaçantes comme les
anges foudroyés. Les passions les plus
violentesetlespluscoupables,lesvertusles
plus calmes et les plus suaves se succè-
dent tour à tour dans cette âme perpé-
tuellement agitée, l'appelant et la tentant
avec la même puissance. Elevée en dehors
de toutes les règles, je ne saurais, comme
les autres femmes, mesurer le vice et la
vertu avec le compas de la raison, ou
plutôt, de la convention. La vertu, je
l'aime, maisje la veux pure et radieuse
comme la lumière du soleil; je suisprête

à l'adorer, le front dans la poussière, mais à la condition de ne pas voir une ombre sur sa blancheur immaculée. Si elle n'est parfaite, je lui préfère la passion avec ses vertiges et ses abîmes, avec ses langueurs divines et ses désespoirs navrants, avec ses élans de joie qui transfigurent l'âme, et ses foudroîments de douleur qui la pétrifient. La passion contient la souffrance, qui l'épure ; la vertu ne peut lui être supérieure qu'en s'associant le martyre. Or, de vertu pareille, je n'en ai pas encore rencontré ; le jour où l'on me montrera une femme qui représente cette perfection, je m'incline sur son passage et mets ma gloire à lui servir de marche-pied.

Le comte considéra quelques instants sa sœur en silence, puis il s'écria :

— Ma chère Regina, votre caractère m'épouvante ; il y a dans votre esprit un mélange de légèreté et d'exaltation qui me fait toujours craindre un entraînement ou un coup de tête.

— Mon beau comte, dit Regina, je ne puis qu'admirer votre haute raison, sans jamais espérer d'y atteindre. Je ne sais si plus tard je pourrai marcher dans la voie étroite de la prudence et de la circonspection, mais, quand à présent, voici en quelques mots mon penchant et mon caractère : jamais nul intérêt, nulle considération humaine ne balanceront à mes yeux l'accomplissement d'une fantaisie ;

d'une fortune perdue, je pourrais me consoler, mais de porter dans mon cœur un caprice inassouvi, jamais ! Je veux bien faire des vœux pour que mon étoile ne m'envoie pas quelque folle tentation, mais en vérité c'est tout ce que je puis.

— Oh ! malheur ! malheur ! s'écria le comte.

— Ah ! mon cher Paolo, je vous arrête là ; quand une fois vous tombez dans l'abîme du désespoir, on ne sait plus quand vous en sortirez. Parlons plutôt du service que je veux vous demander.

— Soit ; de quoi s'agit-il ?

— Il s'agit de trouver un moyen de me faire faire la connaissance de Mme de Roosendal, que je veux voir intimement et dans son intérieur. Enfin je donnerais tout au monde pour obtenir son amitié, pour vivre un peu de sa vie, saisir le secret de ce beau et grand calme qu'elle porte sur elle et qui lui donne une séduction si chaste et si puissante.

— Je ne sais encore comment je pourrai m'y prendre, mais je vous promets d'y faire tous mes efforts.

— Je n'accepte jamais qu'une promesse, celle du succès.

— Je m'engage donc à réussir, mais qui sait si d'ici là cette vive sympathie ne sera pas devenue une haine ardente.

— Cela changerait la nature des services que vous auriez à me rendre, voilà tout. Mais voici deux heures qui sonnent à Saint-Jacques, il est temps de nous rendre chez la senora Cornelia.

IV.

LES DEUX BOHÉMES.

Au moment où Regina et le comte Popoli entraient chez don Gonzalvo Rivarès,
une scène terrible se passait dans la cour
de son hôtel et sous les yeux de la senora
Cornelia, qui y assistait du haut de son
balcon.

Mais cette scène et le rôle qu'y joue la jeune senora paraîtraient peut-être entachés d'invraisemblance, si nous ne commençions par initier le lecteur à ce caractère étrange et aux conditions tout exceptionnelles dans lesquelles il s'était développé.

Elevée à la cour, suivant son père partout où l'entraînaient les devoirs de sa charge, même à l'Escurial, où sa présence était tolérée par une faveur toute particulière, elle avait fini par attirer l'attention du roi qui, frappé un jour de la précocité de son intelligence et du penchant prématuré qu'elle montrait pour les choses sérieuses, l'avait prise en affection et se délassait quelquefois des soucis de la politique en pétrissant ce jeune esprit suivant ses goûts et son caractère.

Déjà entraînée vers cette pente par sa propre nature, il arriva que la jeune fille était rompue à seize ans à toutes les combinaisons de la politique, et que son cœur, desséché par l'étude d'une théologie étroite et méticuleuse, endurci par les maximes impitoyables de son royal directeur, ne comprenait la religion qu'entourée de tortures et d'échafauds.

Philippe la considérait comme son ouvrage et en était fier, admirant intérieurement les nombreux points de ressemblance qui existaient entre elle et lui, la froideur impénétrable de son visage, que jamais un sourire n'avait déridé depuis le

jour où elle avait quitté les jeux de l'enfance, sa haine immense, ardente, intraitable contre les hérétiques, sa profonde
dissimulation, qui la rendait si propre
aux luttes perfides de la diplomatie, et
enfin, un superbe mépris pour ces
faiblesses du cœur qui sont la pierre
d'achoppement des plus hautes intelligences. Aussi tout le monde comprit-il, à
Madrìd, quand son père fut nommé chef
du conseil des Troubles, à Anvers, que
c'était la senora Cornelia, c'est-à-dire
un second lui-même, un esprit tout imprégné de ses principes et de ses sentiments, que Philippe II envoyait dans les
Flandres.

Quand elle se vit au milieu de ceux

qu'elle s'était de tout temps accoutumée à considérer comme les contempteurs du vrai Dieu, comme des êtres frappés de réprobation, placés en dehors de toute loi et indignes de toute pitié, Cornelia sentit grandir tout-à-coup les funestes instincts qu'on s'était appliqué à cultiver en elle, et, sous son influence, on vit s'accroître dans une effrayante proportion les supplices destinés à châtier la révolte et l'hérésie.

Le principal mobile auquel elle obéissait était la foi exaltée, aveugle, sanguinaire dont on lui avait fait une seconde nature, et qui coulait pour ainsi dire dans ses veines; mais de même que Philippe II mêlait toujours un intérêt personnel aux

grandes mesures qui semblaient avoir, et
qui peut-être, dans son esprit, avaient la
religion pour source unique, un sentiment d'ambition toute terrestre s'était
glissé peu à peu dans le cœur de Cornelia
et lui avait inspiré l'audacieuse pensée
de parvenir un jour à la position de gouvernante des Pays-Bas. Une femme avait
déjà occupé ce rang, dont l'autorité et les
prérogatives étaient presque royales, et
aux yeux de Cornelia, ce précédent jus-
tifiait son ambitieuse prétention.

Cette femme, il est vrai, était Margue-
rite de Parme, fille naturelle de Charles-
Quint; mais pour compenser un pareil
titre, Cornelia comptait sur l'immense
faveur dont elle jouissait près de Philippe

II, sur les facultés supérieures dont elle
se sentait douée, et sur l'espèce de pré-
destination qui lui semblait l'appeler à
gouverner ce pays et à planter sur son sol
l'étendard de la vraie religion.

Chez certaines natures, il suffit d'élever le but pour élargir l'esprit; c'est ce
qui arriva à la fille de don Gonzalvo. Du
jour où elle eut conçu ce gigantesque
projet, son caractère et son intelligence,
mûrissant avec une surprenante rapidité,
se trouvèrent de niveau avec le rôle
qu'elle se croyait destinée à remplir. Elle
s'immisça dans toutes les affaires qui
étaient du ressort de son père, et celui-ci,
promptement dominé par la pénétration
de son esprit et par l'énergie de sa vo-

lonté, finit peu à peu par lui abandonner entièrement l'immense autorité dé-
volue au chef du conseil des Troubles.

En révélant ainsi sa force à Philippe II,
qu'elle savait instruit de tout par des
agents secrets, Cornelia comptait faire
germer dans son esprit la pensée de lui
confier un jour ce gouvernement des
Pays-Bas, qui était devenu son rêve de
toutes les heures. C'est dans le même but
qu'elle tâchait d'élever la persécution
contre l'hérésie à la hauteur du sombre
et insatiable fanatisme de Philippe.

Revenons maintenant à la scène que
nous avons annoncée au début de ce
chapitre.

Cette scène se passait, ainsi que nous

l'avons dit, dans la cour de l'hôtel du conseil des Troubles, que don Gonzalvo habitait avec sa fille.

Au centre de cette cour, dont les quatre côtés étaient garnis de soldats, un homme et une femme, complétement isolés de la foule, étaient debout, les mains liées derrière le dos, le visage tourné du côté de Cornelia, qui, du haut de la balustrade où elle trônait comme une reine, les contemplait d'un regard sec et impitoyable.

Les deux captifs, jeunes tous deux, étaient remarquables par l'étrangeté de leur costume, dont la coupe bizarre et les couleurs éclatantes dissimulaient le délabrement, par la couleur bronzée du teint et par de grands yeux dont la noire prunelle semblait rouler des flammes. La femme, âgée de dix-huit ans environ, était douée d'une beauté sauvage, et l'homme, plus âgé qu'elle de cinq ou six années, paraissait cacher une grande force musculaire sous sa maigreur.

— Vous entendez, leur disait en ce moment Cornelia, on vous accuse d'avoir offensé la religion en mangeant aujourd'hui vendredi saint, de la viande, sur les degrés même de la cathédrale?

— Nous sommes de pauvres Bohêmes, répondit l'homme du ton le plus humble et en jetant sur sa compagne un regard plein de tendresse et d'anxiété, nous ignorons vos coutumes, et si nous avons mal fait, c'est sans le savoir.

— Des païens! dit l'Espagnole avec un mélange de haine et de mépris; ils sont doublement indignes de pitié. Qu'on les dépouille tous deux jusqu'à la ceinture et qu'on les flagelle!

Quatre hommes s'avancèrent aussitôt, chacun tenant à la main un fouet formé de longues lanières de cuir.

— Qu'on commence par la femme, dit Cornelia.

Les quatre bourreaux s'approchèrent de la pauvre Bohémienne, qui les regardait en tremblant de tous ses membres et les traits couverts d'une pâleur mortelle. Mais d'un bond aussi rapide que la pensée, son compagnon s'était élancé jusqu'à elle; une violente secousse l'avait

débarrassé des cordes qui liaient ses poi-
gnets, et de deux coups portés à droite et
à gauche, il avait envoyé rouler à dix pas
les deux hommes dont la main s'était déjà
posée sur la jeune femme.

Il allait faire subir le même sort aux
deux autres atterrés devant une telle
preuve de vigueur, quand, par un revire-
ment aussi prompt, aussi inattendu que
l'avait été son attaque, il se calma tout à
coup, croisa ses bras sur sa poitrine, et
s'adressant à Cornelia, encore sous le
coup de la surprise :

— Madame, lui dit-il, je vous en supplie, par le Dieu que vous servez et qui,
dit-on, commande la clémence, ne châ-
tiez que moi seul, ne souffrez pas qu'on

fasse souffrir à ma pauvre Zora l'horrible
supplice de se voir flagellée nue en face
de tous ces hommes, et je vous jure qu'il
n'y aura pas dans mon cœur une seule
pensée de haine contre vous.

— Qu'on exécute mes ordres, dit Cornelia de sa voix inflexible, et que dix
soldats maintiennent cet homme jusqu'à
ce que sa digne compagne ait subi son
châtiment.

Elle fut aussitôt obéie, et les deux bourreaux qui avaient reculé devant la colère
du Bohême, rassurés par la présence des
soldats, se dirigèrent résolûment vers
Zora.

— Madame, dit le Bohême à Cornelia,
écoutez bien la parole que je vais vous

dire et le serment que je vais prononcer,
car aussi sûrement que le jour nous
éclaire à cette heure, rien ne me coûtera,
pas même la certitude de la mort, pour
accomplir ma vengeance. Faites grâce à
Zora, et je vous le répète, non-seulement
je vous pardonne le mal qui me sera fait,
à moi, mais vous pourrez compter sur ma
reconnaissance, et vos ennemis devien-
dront les miens. Si, au contraire, votre
cœur reste fermé à la pitié, alors je m'attache à vous des dents et des griffes,
comme le tigre à sa proie, et je ne vous
lâche plus jusqu'à ce que je vous aie
broyée.

Cornelia sourit dédaigneusement.

— Ecoutez-moi une minute encore,

reprit le Bohême avec une froide énergie,
vous avez admiré dans les Flandres ces
digues formidables dont la force contient
la mer et résiste à toutes les tempêtes ; eh
bien, ces digues puissantes, un ver infime
un misérable insecte qu'un enfant écra-
serait dans ses doigts, les creuse, les dévore lentement, et les fait crouler si la
main des hommes n'arrive à temps pour
réparer ses ravages. La digue puissante,
c'est vous, Madame; le ver, ce sera moi,
et comme ma vie entière sera occupée à
vous miner par la base, il faudra bien
que vous crouliez un jour. Maintenant
décidez, et, quel que soit votre arrêt,
quel que soit la violence de ma douleur,
si le fouet de ces hommes déchire le corps

de Zora, je vous jure de rester spectateur impassible de son supplice, soutenu par la certitude d'une vengeance à laquelle nulle puissance au monde, que la mort seule, ne pourra vous soustraire.

Cornelia fit un signe aux bourreaux qui, en un clin-d'œil dépouillèrent la jeune fille et la mirent nue jusqu'à la ceinture, puis les longues lanières s'enroulèrent en sifflant autour de son corps.

La pauvre Bohême jeta un cri terrible et se tordit sous la douleur.

Son compagnon donna la preuve d'une énergie surhumaine, en restant impassible, quoiqu'il fût à six pas des bourreaux et entièrement libre de ses mouvements. Il ne bougeait pas, mais à chaque cri de

la jeune femme, on voyait ses muscles se
tendre comme des cordes. La sueur ruis-
selait de son visage; son teint de bronze
était couvert d'une pâleur verdâtre, et les
lueurs de l'agonie passaient dans ses
yeux.

Au bout de cinq minutes la victime
tombait inanimée sur le sol.

— Je te fais grâce et te permets d'em-
porter ta compagne, dit alors Cornelia.

— A dater de cette heure, lui cria le
Bohême en lui montrant le ciel, votre
perte est écrite là-haut.

Cornelia rentra chez elle sans daigner
répondre.

Arrêtés dans leur marche par la foule
qui encombrait la cour, le perron et les

couloirs, le comte Popoli et sa sœur avaient été contraints d'assister à cette scène.

— Vous reste-t-il encore quelque espoir de toucher un cœur de cette trempe et d'en obtenir quelque chose en faveur des deux condamnés ? demanda le comte à Regina.

— J'en doute beaucoup, mais puisque nous y sommes, tentons toujours. Que dites-vous du serment de vengeance de cet homme ?

— Paroles arrachées par le désespoir et dont il ne se souviendra plus dans huit jours.

V.

L'ANGE DE LA PITIÉ.

Quelques instants après le comte et sa
sœur étaient introduits près de la senora Cornelia.

Ils la trouvèrent dans une vaste pièce
dont le plafond élevé, les corniches sculp-
tées et dorées, la haute cheminée de mar-

bre, et les lambris de chêne d'un brun
foncé, étaient d'un effet grandiose et imposant. C'était là que se tenait habituelle-
ment Cornelia, admirablement guidée
par cet instinct, qui nous fait choisir
sans réflexion le milieu qui nous convient
le mieux. Il y avait, en effet, une secrète
et saisissante harmonie entre les grandes
proportions et la richesse sévère de ce
salon, et les lignes correctes, sérieuses et
inflexibles de cette tête si jeune et si austère. La noblesse un peu raide de son
maintien, et la fierté impérieuse de son
regard froid, pénétrant et toujours direct,
avaient quelque chose de royal qui se
mariait bien avec la grandeur simple et
large de tout ce qui l'entourait.

Le comte Popoli ne l'avait jamais si
bien vue et si bien comprise ; aussi sa
première pensé fut-elle de se demander
comment Regina, qui avait donné la
preuve d'un tact presque infaillible dans
la plupart de ses jugements, avait pu
croire une telle femme capable d'éprou-
ver un autre sentiment que l'ambition.

Cornelia reçut le frère et la sœur avec
cette politesse empesée quelle tenait à
la fois de son caractère et des habitudes
qu'elle avait puisées à la cour forma-
liste de Philippe II.

Quand, sur une invitation laconique,
ils se furent assis tous deux à quelques
pas de son fauteuil, Regina, qui se sentait

toujours glacée par ses façons, s'empressa de prendre la parole :

— Senora, dit-elle, ce n'est pas en amie, mais en suppliante, que je viens vous voir aujourd'hui.

— En suppliante, vous, comtesse de Ristaël, répondit Cornelia avec calme, vous me surprenez beaucoup.

— Senora, reprit Regina d'une voix légèrement altérée, car ce ton glacial la paralysait peu à peu, deux jeunes gens, je pourrais dire deux enfants, ont été condamnés à mort pour une faute dont leur inexpérience n'a pu comprendre la gravité, et dont le châtiment tout entier doit retomber sur ceux qui ont abusé de leur jeunesse pour les entraîner.

La comtesse s'arrêta un instant pour
lire sur les traits de l'Espagnole l'impression que lui causaient ces paroles; mais
le visage de celle-ci ne trahissait rien;
elle paraissait attendre, quoiqu'elle eût
parfaitement compris.

— Ces jeunes gens, reprit Regina, de
plus en plus glacée par cette inaltérable
impassibilité, sont les fils de Mme de Sterbeck, pour lesquels je ne viens pas vous
demander grâce, mais seulement un sursis qui permette à sa famille d'envoyer
un des leurs à Philippe II. Vous pouvez,
je pense...

— Assez, comtesse de Ristaël, interrompit Cornelia d'une voix brève, et re-
tenez pour l'avenir, que je considère

comme hérétique de cœur quiconque
intercède en faveur des rebelles et des
hérétiques. Non seulement je n'attendrai
pas qu'on s'adresse au roi, mais si Sa
Majesté catholique pouvait être tentée de
faire grâce à un seul des coupables condamnés par le conseil des Troubles, je
quitterais aussitôt les Flandres avec mon
père, plutôt que de laisser briser entre
nos mains les armes qu'on nous a don-
nées pour combattre l'hérésie et la re-
bellion. Parlons d'autre chose, si vous
voulez m'être agréable.

— Ce que j'aurais à vous dire ne pourrait que vous déplaire, répondit Regina
avec hauteur; permettez-moi donc de me
taire et de me retirer.

Elle se leva et le comte fit de même.

— J'espère, comtesse de Ristaël, dit Cornelia en s'approchant d'elle, que vous voudrez bien oublier des paroles dont je regrette la vivacité, puisqu'elles ont pu vous blesser.

Puis s'adressant au comte :

— Je croyais, comte Popoli, que vous aviez quelque chose à me demander?

— Ma sœur a parlé pour moi, répondit le comte en s'inclinant.

— Ah! c'est pour cela que vous aviez sollicité cette audience, dit Cornelia d'une voix sourde et le visage subitement empourpré par la colère; en effet, n'êtes-vous pas le fiancé de Mlle Noémie de Ster-beck! Mais, prenez garde, comte Popoli,

il est dangereux d'entrer dans une famille
d'hérétiques au moment même où deux
de ses membres marchent à l'échafaud;
il y a là une intention évidente de braver
à la fois le roi et la religion, et peut-être
aurez-vous bientôt à vous en repentir.

Le comte s'inclina de nouveau et se dirigea vers la porte, suivi du regard par
Cornelia, qui, immobile, les traits pâles
et le front contracté, paraissait en proie
aux plus violentes émotions.

Quand il eut disparu avec Regina, elle
se laissa tomber sur un siége, plongea sa
tête dans ses deux mains et murmura
d'une voix vibrante de haine et de douleur :

— Oh! c'est trop souffrir, mais ma
vengeance les atteindra tous deux.

Comme le frère et la sœur sortaient de
l'hôtel, ils aperçurent, gisant sur le pavé,
le corps sanglant de la pauvre Bohême,
près de laquelle son compagnon était age-
nouillé, lavant ses plaies avec de l'eau et
des linges qui lui avaient été apportés par
quelques gens du peuple, et s'arrêtant
de temps à autre pour essuyer les larmes
qui inondaient son visage. Pendant ce
temps, deux femmes soutenaient la tête
de Zora et lui faisaient respirer du vi-
naigre, car à chaque instant elle perdait
connaissance.

— Pauvre jeune femme! murmura
Regina, profondément émue, elle ne peut

rester ici, il faudrait la faire transporter quelque part.

En ce moment·une femme, dont la mise annonçait une riche bourgeoise, s'approcha du groupe qui entourait la jeune Bohême, s'informa, examina les plaies, puis, s'adressant à un jeune homme qui l'accompagnait :

— Christian, lui dit-elle, allez chercher deux de nos ouvriers avec tout ce qu'il faut pour transporter commodément cette jeune femme, et dites à Périne de lui préparer un lit.

— J'y cours, ma mère, répondit le jeune homme.

Le Bohême contemplait avec ravissement celle qui parlait ainsi ; son éclatante

beauté, la profonde douceur de son regard, le timbre frais et musical de sa
voix le tenaient comme fasciné.

— Oh! Madame! Madame! s'écria-t-il
enfin en baisant avec un ardent respect
le bas de sa robe, ma vie est à vous désormais.

Et il pleura de nouveau, mais cette
fois, c'étaient des larmes de bonheur et
d'attendrissement.

— Paolo, dit Regina à son frère, c'est
elle, Mme Roosendal.

Mais Paolo ne l'entendit pas; ses regards s'étaient fixés sur les traits du Bohême et ne pouvaient plus s'en détacher.

— C'est impossible, murmurait-il avec

une espèce de terreur, Pepito est mort!
et pourtant ce sont bien ses traits.

Au bout de dix minutes, deux hommes
vigoureux, amenés par Christian Roosendal, emportèrent la jeune femme sur un
matelas.

Son mari allait la suivre quand son regard, cherchant, pour les remercier ceux
qui venaient de lui prêter secours, s'arrêta sur Regina d'abord, puis sur le comte
Popoli. A l'aspect de celui-ci, il tressaillit vivement, contempla avec surprise
les riches vêtements dont il était couvert,
puis allant à lui après un moment d'hésitation :

— Lazzaro! murmura-t-il de manière
à être entendu de lui seul.

— A qui en as-tu? lui demanda le comte avec hauteur et en le regardant fixement.

— Si vous voulez avoir la bonté de me dire votre nom et votre demeure, Monseigneur, j'irai vous le dire à vous-même.

— Tu n'as que faire de mon nom, et je te fais jeter à la porte comme un chien si tu oses te présenter chez moi.

Le Bohême parut sur le point de se laisser aller à un mouvement de colère, mais un regard jeté sur sa personne lui rendit tout son calme.

— Je me suis trompé, veuillez me pardonner, Monseigneur.

Et il se retira en arrière.

— Regina, dit le comte à sa sœur, veuillez retourner seule chez vous.

— Que voulez-vous faire? demanda
Regina.

— La rencontre de cet homme change
toutes mes résolutions, je suis perdu si je
tarde un instant à parer le coup qui me
menace ; je n'ai qu'un moyen de salut,
adieu.

— Où allez-vous?

— Chez la senora Cornelia.

VI.

LA SENORA CORNELIA.

Tout entier à la pensée qui venait de le décider si brusquement à retourner près de Cornelia, le comte Popoli n'avait pas remarqué que Pepito, après avoir marché quelques instants à côté de Zora et s'être informé de l'endroit où on la conduisait, était revenu sur ses pas, et tapi à l'encoignure d'une rue, l'avait vu rentrer à l'hôtel de don Gonzalvo.

Pepito demanda à un passant quel était cet homme ; quand il eut obtenu sur ce point tous les renseignements qu'il désirait :

— Je comprends, pensa-t-il, Lazzaro va me recommander à la senora Cornelia, qui déjà, peu disposée en ma faveur, ne pourra lui refuser le service de le débarrasser d'un misérable Bohême.

Et ruminant mille projets, il se rapprocha lentement de l'hôtel du conseil des Troubles.

Pendant ce temps, le comte Popoli entrait dans la pièce qu'il venait de quitter avec sa sœur. Il y retrouva Cornelia, dont le cœur, mordu par tous les serpents de la jalousie, lui soufflait les plus infernales pensées.

A sa vue, l'Espagnole se leva d'un bond, et lui jetant un regard dur et hautain :

— Encore vous, comte Popoli, lui dit-elle de cette voix brève et tranchante où se révélait toute l'inflexibilité de son caractère.

Un moment atterré par cette réception, le comte comprit aussitôt le motif qui la lui attirait et se remit promptement.

— Senora, lui dit-il en se rapprochant de quelques pas, laissez-moi parler, je vous prie, vous aurez tout à l'heure assez de motifs de m'accabler de votre haine.

Il y avait dans l'accent dont le comte prononça ces paroles, quelque chose de douloureux qui fit impression sur Cornelia. Elle le regarda attentivement et remarqua sur ses traits un trouble et une pâleur qui détendirent un peu sa colère.

— Vous paraissez bien agité, comte, lui dit-elle, asseyez-vous et prenez le temps de vous remettre.

Le comte prit place près de Cornelia, puis levant sur elle un regard qui la fit tressaillir :

— Oh! non, murmura-t-il, non, je n'attendrai pas, car si je ne me hâtais de parler, je n'en trouverais plus le courage dans quelques instants.

— Qu'avez-vous donc de si grave à me dire ? demanda l'Espagnole émue des regards, de l'accent et des manières du comte, mais faisant tous ses efforts pour dominer une impression dont elle se sentait humiliée.

— Ce que j'ai à vous dire, balbutia Paolo d'une voix tremblante, et en attachant sur la jeune fille ce regard qui lui traversait le cœur comme une flèche; oh! tenez, quand j'y songe, je sens ma langue se glacer dans ma bouche et mon sang se figer dans mes veines.

— Mais vous m'effrayez presque, dit Cornelia adoucissant tout à coup le tim-

bre de sa voix et l'expression de son visage; voyons, parlez, c'est moi maintenant qui vous en supplie.

— Rappelez-vous que c'est vous qui
me l'avez commandé, Senora, et écoutez-
moi avec toute l'indulgence qu'on accorde à un homme privé de sa raison.

— Je vous le promets, comte, expli-
quez-vous donc sans crainte.

Paolo garda quelques instants le silence,
passant sa main sur son front, dans son
épaisse chevelure noire, et paraissant en
proie à une lutte intérieure dont la violence lui donnait quelque chose d'égaré.
Enfin, il fit un geste qui annonçait une
détermination énergique, et s'agenouil-
lant devant Cornelia :

— Senora, dit-il en plongeant son regard au fond des yeux de l'Espagnole,
vous voyez bien que je suis fou, puisque
je vous aime et que j'ose vous le dire.

— Vous m'aimez, balbutia Cornelia, si
vivement émue qu'elle frissonnait de
tous ses membres, vous m'aimez, et vous
épousez Mlle de Sterbeck.

— Savez-vous pourquoi je voulais l'é-
pouser ? répliqua Paolo, c'est que votre
image avait pénétré si avant dans mon
cœur, dans mon âme, dans tout mon être
enfin, que je me sentais sur la pente d'un
abîme, en proie à un irrésistible vertige,
entraîné malgré moi par la main toute-
puissante d'une passion insensée, sans
cesse au moment d'aller me jeter à vos

pieds et de vous avouer mon amour
comme je le fais à cette heure. C'est pour
me soustraire à cette brûlante fascination
que j'ai voulu élever l'insurmontable
obstacle d'un mariage entre vous et mon
amour.

Tandis qu'il lui parlait ainsi, donnant
à ses traits, à ses yeux, à sa voix, toute la
fièvre et toute l'apparence de la passion
arrivée à cette limite extrême où elle
touche à la folie, Cornelia le contemplait
avec un mélange de doute et de ravissement, hésitant entre son cœur qui l'exci-
tait à croire et son esprit qui lui conseil-
lait la défiance.

Enfin, sa pensée lui échappa tout à
coup en une phrase prononcée avec un

accent qui renfermait à la fois tant d'a-
mour, tant de haine, tant de jalousie,
que Paolo en fut un moment ébranlé.

— Ah ! s'écria-t-elle en se levant et
en se tordant les mains avec frénésie, ah !
si vous me trompiez !

— Pourquoi ? Dans quel but ? répliqua
le comte, retrouvant tout à coup son
sang-froid.

Cornelia demeura immobile et muette,
pressant fortement son front dans sa
main, comme pour comprimer l'orage
qui bouleversait son âme et obscurcis-
sait son esprit.

— Tenez, s'écria-t-elle au bout d'un
instant, je ne vois plus, je ne comprends
plus, je sens qu'à cette heure un enfant

mettrait en défaut cette pénétration si vantée ; je renonce à faire usage de mon jugement et veux m'en rapporter à vous. S'il est vrai que vous m'aimiez comme vous le dites, eh bien soyez donc heureux, car moi aussi, je vous aime.

— Vous, senora ! vous, Cornelia ! vous m'aimez ! s'écria Paolo comme étourdi d'un si grand bonheur.

Et il joua le ravissement avec la même perfection qu'il avait joué tout à l'heure le délire de la passion.

Il s'empara de sa main et la couvrit de baisers, et Cornelia, s'abandonnant avec délices aux enivrements d'une passion longtemps bercée au fond de son cœur, longtemps comprimée par l'énergie de sa volonté, lui abandonna cette main tout le temps qu'il voulut la garder.

Plus de dix minutes s'écoulèrent ainsi; Cornelia ne soupçonnant guère que cette scène avait pour témoins l'œil et l'oreille d'un ennemi.

Ce fut elle qui, la première, retrouva son sang-froid.

— Comte Popoli, dit-elle à Paolo, reprenez votre place près de moi, et veuillez m'écouter.

Le comte fut stupéfait de la rapidité avec laquelle elle venait de changer de ton et de maintien.

Il s'assit et attendit, en proie à une vague inquiétude.

— Comte, dit Cornelia, dont les traits

avaient repris leur expression sérieuse et
austère, je viens de vous faire tout à
coup, sans hésiter, un aveu que toutes
les jeunes filles ont dans le cœur et
qu'elles ne laissent échapper de leurs lèvres qu'après de longs combats. Vous
avez été étonné, et qui sait ! scandalisé
peut-être de ma conduite en cette circonstance, je vais vous surprendre davantage encore par la déclaration que je vais
vous faire.

Que voulez-vous ? je ne saurais imiter
les petits manèges auxquels se livrent les
jeunes filles quand il s'agit d'amour, et
je trouve plus digne de vous et de moi
d'étaler au grand jour mes pensées et
mes sentiments.

Elle réfléchit quelques instants, comme combattue par un reste de défiance, puis se retournant vers Paolo d'un air décidé :

— Écoutez-moi, lui dit-elle, et pesez bien mes paroles, car elles sont graves. Quelque soit le jugement que l'on porte sur mon caractère, que l'on voie dans mes actes des preuves de férocité ou les témoignages d'un grande énergie, il est une chose dont tout le monde conviendra, c'est que je ne suis pas une femme ordinaire, et c'est ce que j'ai voulu. Je suis parvenue à m'élever au-dessus du rôle vulgaire assigné à mon sexe et à me mettre de niveau avec les hommes les plus haut placés, les plus éminents de ce temps-ci. Considérez donc à qui vous

parlez avant d'aller plus loin, avant de
recevoir une confidence qui vous prou-
vera ce qu'il y a de sérieux dans le sentiment que je viens de vous avouer, mais
après laquelle je ne vous reconnais plus
le droit de faire un pas en arrière, car je
vous aurai révélé des faits et des sentiments auxquels mon époux seul doit être
initié et dont la connaissance devient
pour vous un engagement irrévocable.
Décidez, dois-je parle ou me taire ? Il est
temps encore, il sera trop tard dans un
instant.

— Parlez, dit vivement Paolo, puisque
cette révélation doit déjà établir un lien
entre nous.

— Je parle donc, sachez d'avance que

je vais vous dire des choses et vous dé-
voiler des pensées que j'ai renfermées
jusqu'alors au plus profond de mon cœur,
que mon père lui-même ignore et igno-
rera toujours.

Après un moment de silence, elle reprit
de cette voix lente et solennelle qui se
mariait si bien à l'expression de son visage
et traduisait si nettement son caractère :

— Un jour, j'avais douze ans environ
à cette époque, mais j'étais plus sérieuse
et plus grave dans mes manières qu'aucune femme de la cour ; un jour donc,
que je jouais chez mon père, au milieu
d'un petit bois d'oliviers, qui s'étendait
à quelque distance du château, je vis
sortir tout à coup d'un massif d'arbres

un homme dont je reconnus aussitôt le long manteau à grandes bandes transversales, la barbe noire et épaisse, et les yeux de feu, étincelants sous les bords déformés d'un vieux sombrero. C'était un mendiant, dont les traits m'étaient familiers et se liaient à tous mes souvenirs d'enfance. Chaque fois qu'il me rencontrait, il me saluait et me souriait avec une expression qui me l'avait fait prendre en amitié ; ce fût donc avec plaisir que je le vis venir à moi.

— Senora, me dit-il, si je vous ai bien jugée, le ciel vous a donné une de ces intelligences supérieures, une de ces âmes énergiques, auxquelles il faut, pour se développer un grand rôle et une grande destinée. Vous devez sentir en vous des instincts de puissance et de domination qui ne demandent qu'à être dirigés pour vous porter aux plus hautes positions, et nul autour de vous ne soupçonne ces pensées et ces aspirations, n'est-ce pas?

Tout cela était parfaitement juste et je le lui avouai.

— Eh bien, me dit-il, voulez-vous mettre en moi votre confiance, suivre aveuglément tous mes conseils, me faire part des obstacles que vous pourriez rencontrer en chemin et vous en rapporter à moi du soin de les faire disparaître? Consentez, et je jure de réaliser pour vous le rêve le plus splendide que puisse imaginer l'ambition d'une femme.

Il y avait dans l'accent de Gomez, c'est
le nom de mon mendiant, une conviction
si profonde et si communicative, que je
me sentis tout de suite en lui une aveugle
confiance et que je lui fis, sans hésiter,
la promesse qu'il me demandait.

Il commença par m'engager à tout
mettre en œuvre pour me trouver fré-
quemment sur le passage du roi, me
recommandant par dessus toute chose
de ne pas forcer ma nature sérieuse, de
ne jamais jouer et de ne jamais sourire
devant lui. Au surplus, ajouta-t-il, quel
que soit le lieu que vous habitiez, je serai
toujours près de vous, et jamais mon
appui, ni mes conseils ne vous manque-
ront.

Puis il me quitta en me recommandant le secret, même envers don Gonzalvo.

Dans cet entretien, Gomez avait fait
preuve d'une pénétration, d'un jugement et d'un esprit de décision dont j'a-
vais été d'autant plus vivement frappée
que ces qualités formaient un remarquable contraste avec la nature indolente
et la médiocrité d'esprit de mon père.
Cette supériorité me subjugua ; je n'hé-
sitai pas une seconde à m'abandonner à
la direction de cet étrange conseiller. Je
dois ajouter que je n'eus jamais qu'à
m'en applaudir, qu'il tint fidèlement tous
les engagements qu'il avait pris vis-à-vis
de moi, jusqu'au jour où j'ai quitté l'Es-

pagne, car je ne l'ai pas revu depuis.
C'est grâce à lui que j'ai toujours pu
suivre, sans en jamais dévier, la voie dif-
ficile qui m'a conduite au point où je
suis arrivée aujourd'hui. Encore quelques mois de persévérance dans la ligne
inflexible qu'il m'a tracée, et je verrai se
réaliser peut-être, comme il me l'a pré-
dit, la plus brillante destinée que puisse
rêver un cœur ambitieux ; car, s'il faut
vous l'avouer, je me crois à la veille d'obtenir de Philippe II le gouvernement des
Pays-Bas.

— Ah ! dit vivement Paolo, dont une
expression de triomphe fit briller le regard à ces dernières paroles.

Il ajouta aussitôt :

— Le duc d'Albe est bien puissant.

Cornelia ouvrit un tiroir, en tira une lettre, et la remettant à Paolo :

— Tenez, lui dit-elle, lisez.

C'était une lettre de Philippe II, lettre dont le contenu, répondant à une série d'insinuations perfides, laissait entrevoir la prochaine disgrâce du duc d'Albe, en même temps que son remplacement presque certain par Cornelia, pour laquelle le roi montrait une confiance et une sympathie très opposées à sa froideur et à sa circonspection habituelles.

Paolo resta quelques instants sous le coup d'une émotion profonde après la lecture de cette lettre, qui ouvrait tout à coup à son ambition un champ si vaste et si brillant.

— C'est maintenant, dit Cornelia en reprenant la lettre, que j'appelle toute votre attention sur ce qui me reste à vous dire. Sans que Gomez m'ait jamais mise en garde sur ce point, j'ai compris de tous temps qu'on ne saurait être une femme supérieure qu'à la condition de secouer toutes les faiblesses de la femme, qu'on ne peut dominer la foule qu'en renonçant à ses joies et à ses félicités, et que la première chose dont l'ambitieux doive se faire un marchepied, c'est son propre cœur.

Aussi, je vous l'avouerai, je me suis crue déchue du moment où j'ai senti se

glisser dans ce cœur un autre sentiment
que celui de l'ambition ; ce jour-là j'ai
eu une heure de doute poignant et d'horrible angoisse, car je me voyais déjà
tombée au rang des femmes vulgaires et
craignais de m'être choquée à l'obstacle
qui devait faire crouler tout mon rêve.
Après m'être coulée en bronze et posée sur
un piédestal, je me retrouvais de chair
et d'os et les pieds sur la terre ; cette
pensée me causait contre moi-même
une profonde indignation et me jetait
dans des accès de sombre découragement.
Et pourtant j'ignorais si mon amour
était partagé, je n'avais jamais eu cinq
minutes de tête-à-tête avec *lui*; il me
restait donc à traverser l'épreuve su-

prème et décisive que je viens de subir
tout à l'heure, et je me demandais avec
terreur comment j'en sortirais si elle se
présentait. Enfin la crise est traversée et
le résultat si redouté m'est connu. Tout
à l'heure, pendant les deux minutes que
vous avez mis à lire la lettre du roi, je me
suis interrogée, il y a eu en moi comme
un jugement, comme une délibération
intérieure, où j'ai étudié froidement la
puissance des deux sentiments qui se
disputent mon cœur et veulent s'emparer
de ma vie.

Eh bien! je suis sortie de cet examen,
sinon triomphante, du moins rassurée,
plus confiante dans ma force et à peu près
convaincue que ma foi et mon ambition

'réunies vaincront tout ce qui voudra leur faire obstacle. Je me laisse donc aller à mon amour, mais à la condition qu'il aidera à ma fortune au lieu de l'entraver. Pour cela, il faut que cette fièvre de fanatisme, que j'ai gagnée au contact de Philippe II, passe en vous et dévore votre âme comme elle dévore la mienne ; il faut que, de tous les points de la Flandre, toutes les voix de l'hérésie s'élèvent contre vous assez éclatantes pour faire parvenir votre nom jusqu'à Philippe II. Cette foi sublime, aveugle, impitoyable, qui se ravive aux tortures des hérétiques, qui met sa gloire dans les haines, dans les vengeances qu'elle soulève, cette foi est-elle en vous? Enfin le rôle que je joue,

les sentiments que j'excite, les malédic-
tions qui s'attachent à mon nom, les périls qui me menacent, la responsabilité
que j'accepte vis-à-vis de la postérité,
vous sentez-vous le courage de partager
tout cela avec moi? S'il en est ainsi, nos
noms, unis dans une commune excécra-
tion, donnent à notre mariage un caractère providentiel qui nous vaut non seulement l'approbation, mais encore toute
la faveur du roi. Réfléchissez sérieusement à cela, comte, consultez-vous et décidez avec vous-même jusqu'où peuvent
aller l'ardeur de votre foi et l'énergie de
votre caractère ; vous me ferez part ensuite du résultat de cet examen, et mon
parti sera aussitôt pris, ou une prompte

union ou une rupture immédiate et sans retour.

Ambitieux sans vigueur et sans décision, Paolo admirait sincèrement, profondément, cette sauvage énergie, cette virilité de caractère chez une jeune fille qui avait vingt ans au plus, et en ce moment il éprouva un vif sentiment d'orgueil d'avoir excité une passion dans une âme de cette trempe.

— Je puis vous donner immédiatement ma réponse et sans avoir besoin d'y réfléchir, dit-il, et je n'ai pour cela qu'à rester conséquent avec ma vie passée. Mes principes religieux, sans atteindre tout à fait à l'exaltation qui vous fait accomplir de si grandes choses pour les

intérêts de la vraie religion, sont entièrement conformes aux vôtres, et je m'asso-
cierai toujours de grand cœur aux mesures que vous prendrez pour assurer le
triomphe de la religion catholique.

— De cœur, c'est quelque chose, murmura Cornelia, mais ce n'est pas assez.

— Que puis-je faire de plus ? demanda
le comte.

— Je vous le dirai demain, répondit
l'Espagnole après un moment de réflexion.

— Pourquoi pas en ce moment ?

— Parce que je ne sais pas au juste ce
que je vous demanderai ; je sais seulement que ce sera quelque chose qui
puisse avoir un grand retentissement,

quelque chose d'éclatant qui vous jette
violemment à mon bord et vous sépare
sans retour des tièdes et des indifférents,
que vous avez connus jusque-là. Enfin,
c'est un coup décisif que je veux frapper,
un coup qui attire les regards de toute
la ville et vous mette en un jour à mon
niveau.

— J'accepte l'épreuve, quelle qu'elle
soit, répondit Paolo d'un air résolu.

— Dieu le veuille, comte Popoli; mais
notre entretien s'est singulièrement pro-
longé, il est temps que vous preniez congé
de moi.

Paolo se leva, baisa tendrement la
main de Cornelia et sortit.

Quelques instants après cet entre-

tien, Pepito entrait chez M. Guillaume
Roosendal, et une fois seul avec sa femme,
mollement couchée dans un lit excellent,
il lui disait les traits rayonnants d'une
joie triomphante :

— Zora, je tiens ma vengeance, le ver
a trouvé le joint de la digue, il va la ron –
ger lentement, patiemment, et bientôt
elle tombera en poussière.

Il lui raconta alors comment, favorisé
par le hasard, soutenu par le démon de
la vengeance, il avait pénétré dans l'hôtel
sans être vu, s'était trouvé dans un cor-
ridor sombre, et, comme il en cherchait
l'issue, avait entendu deux voix trop
connues de son oreille. Il s'était arrêté,
puis, attiré par une lueur vague qui

semblait jaillir du mur, il avait reconnu
là une de ces ouvertures perfides, habilement pratiquées, qui permettent de voir
tous les gestes, et d'entendre toutes les
paroles des gens qui expriment sans défiance leurs sentiments. Cette ouverture
qui, sans doute, avait servi cent fois à
Cornelia, l'avait trahie à son tour en li-
vrant son secret à un ennemi.

Franchissons un court intervalle, et
quelques heures après que Cornelia a
refusé à la comtesse Regina de retarder
d'un seul jour l'exécution des deux frères
de Sterbeck, nous trouvons sept hommes
réunis chez le chevalier Armand de Soulas, gentilhomme français, et organisant

un complot pour la délivrance des deux condamnés.

Parmi ces sept hommes, un jeune homme de vingt ans à peine, qu'on appelait Christian et qui, par sa mise et ses manières, paraissait appartenir à l'une des riches familles marchandes d'Anvers, faisait office de secrétaire et prenait des notes.

Chacun de ces hommes pouvait réunir en une heure cent ouvriers de tout état, choisis parmi les plus forts et les plus énergiques, et les six chefs de cette redoutable association avaient élu pour chef suprême et connu d'eux seuls, le chevalier de Soulas.

La réunion avait lieu dans une salle

basse, parfaitement close et donnant sur un jardin ; et la maison, d'ailleurs, était située dans un des quartiers les plus déserts et les plus éloignés de la ville.

Une torche de résine éclairait le centre de la salle, et mettait vigoureusement en saillie les sept chefs debout autour d'une table de chêne. Il y avait là deux étrangers dont les types tranchaient vivement sur les figures carrées, calmes et hardies des Flamands, c'étaient le Français, le chevalier de Soulas, et un Espagnol connu sous le nom de Mastrillo l'Andaloux.

Cet Espagnol était un homme de quarante-cinq ans environ, dont la barbe et les cheveux noirs commençaient à s'ar-

genter. Ses traits vigoureusement accen-
tués, son air taciturne, son regard
sombre et fier trahissaient une nature
énergique, et laissaient soupçonner quelque grande infortune. Il avait été cruellement éprouvé, en effet, et c'était sa
haine contre le duc d'Albe, auteur de
tous ses maux, qui l'avait jeté dans cette
association dont il était devenu un des
chefs, grâce à la haute intelligence et
à l'implacable résolution qu'on avait dé-
couvertes en lui.

Quoiqu'il fût lui-même une exception
à la règle établie dans le principe par
les Flamands de n'introduire aucun
étranger dans leur association, le chevalier de Soulas s'était opposé de tout

son pouvoir à ce qu'on y admit un Espagnol, et c'était après de longs débats et vaincu par toutes les garanties qu'il trouvait à la fois dans son caractère et dans ses malheurs, que le Français avait enfin donné son consentement.

Le chevalier Armand de Soulas, gentilhomme poitevin, appartenant au parti huguenot, était un homme de taille moyenne, mais largement découplé, et dont la physionomie, mélange d'audace et de finesse, d'insouciance et de réflexion, était de celles qui inspirent la confiance et autour desquelles on se rallie dans le péril.

— Mes enfants, disait-il aux autres chefs qui, rangés autour de lui l'écou-

taient avidement, depuis la condamnation à mort de nos amis, depuis que la
pauvre mère a perdu tout espoir de fléchir ce cœur de bronze, ce duc d'Albe,
qui ne saurait compâtir à aucune douleur, car il n'a rien de l'homme, depuis
ce jour vous m'avez tous supplié tour à
tour d'organiser au plus vite un plan
d'attaque contre la prison d'où ils ne
doivent sortir que pour aller à l'échafaud,
et me voyant opposer à vos prières un
refus inexorable, vous m'avez cru insensible au sort de ces pauvres jeunes gens,
n'est-ce pas ? Allons, avouez que j'ai deviné juste.

— Non, répondit un des Flamands
qu'on appelait Moërdeck, nous vous

connaissons trop pour jamais douter de
votre cœur, mais nous avons pensé que
vous jugiez dangereuse en ce moment
toute manifestation hostile et que, faisant
taire en vous tout sentiment de pitié, vous
trouviez dans votre dévoûment pour
notre cause l'héroïque courage d'assister
impassible à l'exécution des deux nobles
victimes dont le sort, nous le savons, vous
inspire autant d'intérêt qu'à nous-
mêmes.

— Sachez donc que je n'ai jamais re-
noncé à l'espoir de les sauver, je m'en
occupe depuis le jour où la Tigresse les a
fait arrêter, mais j'avais résolu de ne
rien tenter qu'à coup sûr, et c'est d'au-

jourd'hui seulement que je puis affirmer
que nous les sauverons.

— Se peut-il! s'écrièrent plusieurs
voix.

— Vous allez en juger.

Tout le monde se rapprocha du chevalier, qui reprit ainsi :

— Si la senora Cornelia a ses espions,
moi aussi j'ai organisé autour d'elle une
surveillance grâce à laquelle aucun de
ses actes ne saurait m'échapper, et j'ai su
que redoutant, de la part des Anversois,
une tentative pour délivrer les frères de
Sterbeck, elle avait expédié l'ordre à Malines de lui envoyer le jour de l'exécution,
deux mille soldats et de l'artillerie pour
empêcher, par un déploîment de forces

imposant, le mouvement qu'elle a prévu.
Grâce à cette précaution, elle rendait en
effet impossible toute pensée d'une lutte
qui ne pourrait que tourner contre nous
et à l'avantage de nos ennemis. Je voulais
sauver les deux prisonniers, mais je le
répète, je voulais avoir de mon côté toutes
les chances favorables, et ne pas compromettre le grand intérêt auquel nous nous
sommes voués, par un échec qui entraî-
nait inévitablement notre perte et recu-
lait de dix années peut-être l'affranchissement des Flandres. Tout mon plan
devait donc consister à isoler la Cornelia
avec les quinze cents hommes dont elle
peut disposer, et conséquemment à retenir dans Malines les troupes et l'artil-

lerie qui doivent lui être envoyées de cette ville.

— Et vous y avez réussi , demanda Mastrillo ?

— Complètement; les deux mille hommes et les huit canons demandés par Cornelia arriveront à Anvers trois jours après celui marqué pour l'exécution des deux frères.

— Comment cela? demanda vivement l'Espagnol.

Tous les autres chefs attendaient avec une ardente curiosité l'explication du moyen imaginé par le chevalier de Soulas.

— Tenez, dit le chevalier en montrant un large cachet : voilà le talisman qui va

annuler tous les ordres de la Cornelia, et
du conseil des Troubles. Ceci est le cachet
du conseil lui-même ; il m'a été prêté
pour cette nuit par un serviteur de don
Gonzalvo, moyennant la somme de cent
ducats. Vous comprenez le reste maintenant, n'est-ce pas ?

J'ai fait écrire par un des nôtres, un
scribe habile, imitant parfaitement toutes
les écritures, un ordre exprès au chef
des troupes de Malines de retarder son
départ de trois jours, et ledit ordre
portant la signature de don Gonzalvo, qui
s'y serait trompé lui-même, étant revêtu
du cachet de son Conseil, dont nul n'oserait
méconnaître l'autorité, nous sommes

assurés que la troupe de Malines ne bou-
gera pas.

Si la senora Cornelia, égarée par sa fièvre
de sang, a l'imprudence de passer outre
à l'exécution sans attendre ce renfort,
nous attendons à la grande place les deux
mille soldats qui accompagneront les
condamnés, et nous en viendrons facile-
ment à bout avec nos six cents hommes,
tous déterminés et dont l'attaque sera
tout-à-fait imprévue. Si, au contraire, la
Tigresse se décide à attendre les Espagnols
de Malines, alors au premier coup de midi
sonnant à la cathédrale, nous débouchons
tous en face de la prison, portant, outre
nos armes, des pioches et des torches,
dans le cas où il faudrait y mettre le feu

pour en arracher nos amis. Voilà qui est bien entendu, n'est-ce pas? Tous nos hommes sont prévenus et seront prêts à l'heure.

— Oui, oui, répondirent les six chefs.

— Eh bien ! enfants, séparons-nous et allons nous reposer, car nous aurons besoin demain de toutes nos forces et de toute notre énergie.

Ces huit hommes se serrèrent la main, gagnèrent une ruelle étroite au bout du jardin et se dispersèrent.

— Adieu, mon jeune et brave ami, adieu, mon cher Christian, dit le chevalier en se séparant du jeune homme, rentre vite de peur d'éveiller l'inquiétude de ta mère, et à demain.

VII.

LA FAMILLE ROOSENDAL.

A l'heure où s'organisait la délivrance des deux frères de Sterbeck, une scène d'un caractère tout opposé se passait chez M. et Mme Roosendal, personnages qui tiennent dans notre action une place trop importante pour que nous glissions

légèrement sur les détails qui les in-
téressent.

Né dans la classe ouvrière, simple tis-
serand d'abord, puis contre-maître, Guillaume Roosendal s'était établi à vingt-
cinq ans fabricant de tissus de laine, et à
trente-cinq ans, grâce à une activité
et à une aptitude tout exceptionnelles
pour l'industrie et le négoce, son établis-
sement était devenu un des plus inpor-
tants de la Flandre.

C'est alors qu'il songea au mariage d'a-
bord, puis à la femme sur laquelle devait
se fixer son choix.

Il avait vu, tout enfant, et avait souvent
rencontrée depuis, à l'église, la fille de
son ancien patron, Mlle Madeleine Van

Mordaëns, qui n'avait guère plus de quinze ans alors, et passait déjà pour la plus belle personne d'Anvers.

Grande, développée au physique comme une jeune femme, Madeleine Van Mordaëns, fille d'un père Flamand et d'une mère Espagnole, réunissait les qualités des deux types, dont les contrastes se fondaient harmonieusement dans sa personne. Elle avait les belles proportions, la fraîcheur virginale, les lignes de madone, l'expression noble et placide de la Flamande avec l'œil noir, le regard à la fois brûlant et pudique, l'élasticité de taille et de mouvements qui caractérisent l'Espagnole. Sa beauté avait cette fleur de pureté, ce je ne sais quoi de suave

et de radieux qui refoule les désirs vulgaires et ne dégage du cœur que l'encens
des plus délicates aspirations.

Guillaume Roosendal hésita longtemps
à demander sa main; il se sentait rapetissé
par la grandeur innée et la noblesse naturelle qui éclataient dans cette jeune
fille. Il finit pourtant par s'y résoudre, et
M. Van Mordaëns, qui voyait sa maison
tomber à mesure que celle de son ancien
ouvrier s'élevait et prenait place parmi
les plus florissantes de la ville d'Anvers,
accueillit sa demande. Madeleine, consultée le soir même, donna son consentement
sans qu'on eût jamais pu savoir depuis si
elle avait éprouvé pour Guillaume Roosendal quelque sentiment de préférence,

ou si elle s'était sacrifiée pour sauver son père d'une ruine qui paraissait probable.

Un mois après, Madeleine Van Mordaëns s'appelait Mme Roosendal.

A quelque temps de là, on vit s'opérer dans Guillaume Roosendal une véritable transfiguration. En devenant riche, il n'avait pas changé, il avait conservé l'enveloppe de l'ouvrier, à laquelle s'était superposée la carapace de l'industriel âpre et cupide. Toutes ses facultés étaient tendues vers le gain, et l'esprit de négoce, dans ses nombreuses variétés, formait sa personnalité tout entière. Pour lui, les trois mots : acheter, fabriquer et vendre comprenaient toute la vie et contenaient

la gamme de toutes les sensations hu-
maines.

De cette perpétuelle tension d'esprit
vers un genre de pensées et d'occupations
qui aiguisent l'intelligence, mais en la
matérialisant et au détriment du caractère, était résulté chez Guillaume Roosendal un dédain, ou plutôt une ignorance
complète de tous les sentiments qui s'a-
gitent au-dessus de la sphère étroite
dans laquelle il se renfermait, l'absence
de toute noblesse et de toute élévation
dans les idées, une admiration exclusive
pour l'habileté et les combinaisons com-
merciales, bref, l'absorption de l'homme
dans l'industriel.

Sans qu'elle parût s'en mêler, Made-

leine modifia complétement les façons,
les goûts et jusqu'au caractère de son
mari; la physionomie du marchand se
rasséréna, et sa pensée, agrandissant sa
sphère et se dégageant des préoccu-
pations matérielles qui la tenaient asser-
vie, communiqua à toute sa personne
quelque chose de calme, de digne et de
réfléchi, qui en faisait un tout autre
homme.

Ce ne fut pas tout; par suite de l'as-
similation mystérieuse qui s'établit,
même à son insu, entre l'homme et le
milieu dans lequel il vit, le même changement s'opéra dans la maison de Guillaume Roosendal.

Le bien-être et le grand luxe qui distinguaient alors les riches marchands flamands, pénétrèrent chez lui et donnèrent à sa demeure un caractère à la fois grandiose et patriarcal. Le linge de tout genre, et de toute qualité s'empila par douzaines dans les hautes armoires de chêne bruni ; les meubles sculptés et les bahuts d'ébène remplirent les vastes chambres demeurées nues jusque-là ; des objets d'art, des bronzes, des vases rares, des tableaux de maîtres s'alignèrent dans les larges galeries qui semblaient devoir rester à jamais le domaine des araignées.

Puis toute la maison, depuis la cuisine jusqu'aux plus belles pièces, resplendit de cette propreté exquise qui est à un in-

térieur ce qu'est un rayon de soleil sur
un paysage, car elle aussi éclaire et met
en relief jusqu'aux moindres détails, le
cuivre étincelant, l'étain mat, le carreau
rouge de la cuisine, de même que les cof-
frets précieux, les antiques tapisseries,
les vieux bahuts sculptés autour desquels
se joue le matin et s'endort le soir
la blonde lumière qui tombe dans les
grandes salles à travers les vitraux étroits.

Quand, sous l'inspiration de sa femme,
sa maison eut prit ce grand air d'opu-
lence bourgeoise et de splendeur artisti-
que; quand, dans cette demeure qu'elle
avait vivifiée, rayonna la beauté noble et
pure, l'âme chaste et grande de Madeleine,
alors Guillaume Roosendal vit les plus

hauts personnages, les plus honorables citoyens d'Anvers solliciter la faveur d'être admis chez lui.

Madeleine consultée, comme toujours, car Guillaume avait une confiance aveugle dans son jugement droit et net comme son cœur, Madeleine qui, jeune et belle, eût dû rechercher toutes les occasions de briller et de se distraire, fut d'avis que son mari n'accueillît ces demandes qu'avec la plus grande circonspection et ne donnât que deux fêtes par an, après quoi la maison devait être fermée à tous, excepté aux parents et aux vieux amis des deux familles.

Outre ces preuves de considération, Guillaume Roosendal constata, dans les

marques de sympathie qu'il recevait de
ses compatriotes, des nuances qui furent
pour lui comme une démonstration du
phénomène qui s'était accompli dans son
être moral, et dès lors l'amour immense
qu'il avait voué à sa femme, prit toutes les
proportions d'un véritable culte. N'avait-
elle pas opéré un miracle! Ne lui devait-
il pas cent fois plus que la vie, c'est-à-
dire les clartés qui reculaient l'horizon de
son esprit, et l'initiaient à l'intelligence
des grandes choses et des nobles sentiments.

Un mot révèlera tout de suite le sentiment qui avait donné à Madeleine Roosendal l'intelligence et la force nécessaires
pour enfanter tous ces prodiges : elle s'était

mis à l'œuvre du jour où elle avait senti
dans son sein les premiers indices de la
maternité. Tout cela fut fait en vue de
l'enfant qui allait naître et qu'elle appelait
déjà son fils, ne pouvant admettre, tant
ses vœux étaient ardents, la possibilité
d'une déception.

Et à dater du jour où ce fils vint au
monde, elle n'eut plus une pensée, un
sentiment, une aspiration qui ne se rap-
portassent à lui, qui n'eussent pour but
son bonheur, sa santé ou son avenir. Sa
prévoyance maternelle, embrassant toutes
les phases de la vie, entrevit les difficultés
qui pourraient embarrasser sa marche et
chercha d'avance à les lui aplanir.

C'est pour cela qu'elle voulut avoir,

pour lui en faire au besoin une égide ou
une auréole, non seulement la vertu, mais
encore les séductions de la vertu. Aussi
eut-elle des profondeurs de coquetterie.
L'amour maternel, ouvrant dans son esprit des voies jusque-là fermées, l'éclaira
tout à coup sur des choses dont elle
n'avait pas même le soupçon la veille, et
révéla à son innocence des mystères que
connaissent seuls les cœurs éprouvés.

Elle comprit que si la vertu est toujours
estimée, quelque forme qu'elle revête, il
lui faut le charme et les fascinations de la
beauté pour inspirer l'adoration et le
dévoûment.

Comme si la nature eût voulu se faire
la complice d'une coquetterie, dont le but

était si pur, il arriva que Mme Roosendal
vit sa beauté s'épanouir de plus en plus
à mesure qu'elle avançait dans l'âge où
elle se flétrit chez les autres femmes. Soit
qu'il fallût attribuer ce phénomène à
l'innocence de son cœur, au calme profond de sa vie, à la douceur inaltérable
des émotions qui la composaient tout entière ; soit qu'on voulût y voir le rayonnement de l'amour maternel, dont le
foyer brûlait si ardent au centre de son
âme, il est certain que sa beauté atteignait
à cette époque son plus magnifique dé-
veloppement et qu'elle paraissait vingt-
huit ans à peine, quoiqu'elle en eût trente-
six accomplis.

C'est ainsi que Madeleine Roosendal

était devenue pour les Anversois une de
ces figures saintes et sacrées auxquelles
on ne saurait toucher sans soulever mille
vengeances. Le sentiment qu'elle inspirait
ressemblait beaucoup à l'adoration des
mystiques pour la Vierge ; c'était un culte
profond, à la pureté duquel se mêlait un
amour inavoué et qui élevait l'admiration
jusqu'à l'enthousiasme.

Il est, dans la vie de toutes les mères,
une heure où leur cœur se tord jusque
dans ses dernières fibres, heure fatale et
terrible, où le malheur, comme un oiseau
funèbre, s'apprête à fondre sur ce fruit
de leur amour qu'elles ont si longtemps,
si tendrement couvé de leur tendresse.
Cette heure sonna pour Mme Roosendal le

jour où, pour la première fois, elle entendit son fils exhaler sa haine contre les
tyrans de la Flandre.

Epouvantée de ces symptômes, comprenant bien que chez cette jeune et impé-
tueuse nature, il n'y avait qu'un pas de la
menace à l'exécution, elle se mit l'esprit
à la torture pour trouver ce qui, à tout
autre qu'à une mère, eût semblé l'impossible, c'est-à-dire le moyen d'arrêter
dans son essor une âme de vingt ans, de
la rendre tout à coup indifférente à l'op-
pression qui soulevait en elle des tempêtes de haine et des torrents de colère.

Ce moyen, elle le trouva dans cet
abîme inépuisable de ressources et de
stratagèmes sublimes que Dieu a creusé

au cœur des mères. Elle ne tenta pas d'é-
teindre les ardeurs ou d'arrêter les élans
de cette âme, mais elle leur donna un
autre aliment, et sauva ainsi son fils, du
moins elle put le croire, d'une mort aussi
terrible qu'inévitable.

Ayant remarqué, dans les quelques fêtes
auxquelles elle avait assisté avec lui,
qu'ils y rencontraient toujours le comte
de Nuyter avec sa fille Sabine, et que de
fréquents regards étaient échangés entre
les deux jeunes gens ; s'étant assurée que
cette inclination était sérieuse de part et
d'autre, Mme Roosendal s'était rendue un
jour avec son mari chez le gentilhomme
flamand, lui avait fait part de ses observations, et lui avait demandé pour son

fils la main de Mlle Sabine de Nuyter. Le
gentilhomme commença par consulter sa
fille, et, quand elle lui eut avoué la
vérité, il répondit qu'aucun titre de noblesse ne valant à ses yeux la haute estime dont jouissait Mme Roosendal, il se
trouvait très–honoré de s'allier à sa
famille.

A partir de ce moment, les deux
jeunes gens eurent toute licence de se
voir en attendant l'époque de leur mariage, qui fut fixée à deux mois de là. Le
jeune homme usa largement de cette
liberté et ne parla désormais que de son
amour, si bien que sa mère put espérer
de l'avoir soustrait pour toujours au
péril qui le menaçait.

Ce soir-là pourtant, Madeleine Roosendal était inquiète; son fils était sorti immédiatement après le dîner, c'est-à-dire vers trois heures, et à dix heures il n'était pas encore rentré. C'était la première fois qu'il restait si longtemps absent et qu'il rentrait à une heure aussi avancée.

Comme de coutume, elle se tenait dans une petite salle qu'elle affectionnait particulièrement, et ses deux servantes, Marthe et Périne, travaillaient sous ses yeux, à la clarté d'une lampe de cuivre qui brillait comme de l'or.

Assises sur des tabourets beaucoup plus bas que le fauteuil de leur maîtresse, ces servantes étaient éclairées d'en haut, et léurs traits, parfaitement en relief, exprimaient une bonhomie calme et naïve, un dévoûment simple et sûr qui rendaient très-sympathique leur grosse face rouge et commune.

Elles réparaient du linge, occupation dans laquelle elles étaient aidées par Mme Roosendal, dont l'aiguille allait ordinairement deux fois aussi vite que celles de Marthe et de Périne, et qui, ce soir, s'arrêtait à chaque instant, au grand étonnement des deux servantes.

Pendant ce temps, Guillaume Roosendal lisait pour tout le monde le Nouveau-Testament.

De temps à autre, il s'arrêtait pour jeter un regard sur sa femme dont l'inquiétude était visible, car à chaque instant sa belle tête se penchait sur sa poitrine, et ses yeux noirs restaient fixes et sans regard.

— Mon Dieu ! ma bonne maîtresse, dit enfin Périne, qui comprenait aussi bien que Guillaume la cause de cette grande préoccupation ; il ne faut pas vous chagriner ainsi à l'avance, notre jeune maître se sera laissé entraîner par ses amis à quelque partie de plaisir, c'est de son âge ; ou bien encore peut-être est-il allé passer la soirée chez M. le comte de Nuyter où il s'oublie tout naturellement près de Mlle Sabine.

— Oui, cela est possible, ma bonne Périne, répondit Madeleine ; cependant

Christian rentre toujours avant neuf
heures, et il m'aime trop pour ne pas
chercher à m'éviter la moindre inquiétude, surtout en ce moment, après la terrible condamnation de ces pauvres jeunes
gens, de ces deux frères, dont le prochain
supplice fait pâlir toutes les mères.

— Vous savez bien, ma chère Madeleine, dit à son tour Guillaume, que depuis quelque temps il est complétement
absorbé dans son amour, et qu'il ne parle
plus jamais des Espagnols.

— Oh! je suis convaincue que Sabine l'occupe seule, dit vivement Madeleine, et qu'il n'y a pas d'autre cause à
ce retard.

Mais il était facile de comprendre à

l'accent fiévreux avec lequel elle prononça ces paroles qu'elle n'y croyait nullement, et qu'elle repoussait de tout son pouvoir une crainte, dont la seule pensée la faisait frissonner de temps à autre.

— Bonne maîtresse, dit une voix qui partait du fond de la salle, voulez-vous que j'aille à la recherche du jeune homme? je parcourrai toute la ville, j'irai interroger tous vos amis, dont vous me direz la demeure, et je jure que je vous le ramènerai.

Cette voix était celle du Bohême Pepito qui, occupé dans le coin le plus reculé et le plus obscur de la pièce, contemplait les traits de Mme Roosendal avec une admiration naïve et exaltée.

I 11

— Merci, mon ami, répondit Madeleine ; mais tu me proposes l'impossible, même pour un homme auquel toutes les rues de la ville seraient familières, et tu n'as fait que la traverser.

— Oh ! vous ne savez pas ce que je puis pour vous, maîtresse, pour vous qui avez eu pitié de ma pauvre Zora, qui l'avez prise sanglante, inanimée, jetée nue sur le pavé de cette ville, et lui avez donné chez vous une si bonne et si douce hospitalité ! Aussi Dieu m'est témoin que je n'ai plus désormais dans le cœur que deux pensées : me dévouer pour vous et me venger de Cornelia.

— Laisse la vengeance à Dieu, Pepito, et n'essaie pas de lutter avec cette femme,

dont la puissance égale la méchanceté ;
elle n'a qu'à lever le doigt pour t'écraser,
toi et ta pauvre Zora.

— Oui, je suis peu de chose, trop peu
pour qu'elle daigne s'inquiéter de ma
haine, et c'est ce qui fait ma force.

— Et Zora, comment se trouve-t-elle
à cette heure? demanda Madeleine, autant par intérêt pour la jeune femme que
pour se soustraire à la pensée qui l'obsé-
dait et dont la torture s'accroissait de
minute en minute.

— Elle dort, la povera, répondit le
Bohème d'une voix émue, et elle paraît
si heureuse de dormir dans ce beau lit,
sur ces matelas si moelleux, on voit si
bien, pendant ce sommeil, la souffrance

qui s'en va et la vie qui revient, que j'ai
craint de l'interrompre en respirant trop
fort, et je suis venu me tapir dans ce
petit coin, où vous avez bien voulu me
laisser.

Madeleine se leva tout à coup et resta
immobile, paraissant concentrer toutes
ses facultés dans une seule sensation.

— Qu'avez-vous donc, Madeleine ? lui
demanda son mari.

Mme Roosendal releva la tête et une expression de joie vint épanouir son beau
visage.

— Ce sont ses pas, dit-elle.

Guillaume prêta l'oreille.

— Je n'entends rien, dit-il, et toi,
Périne ?

— Moi, pas davantage, répondit la servante.

— Moi, j'entends des pas et je vous dis que ce sont les siens; va ouvrir Périne.

La servante alluma une chandelle et descendit en hochant la tête, le lourd escalier à rampe massive qui aboutissait à la cour. Elle ouvrit la porte de la rue, en marmottant des paroles inintelligibles, mais elle resta stupéfaite en voyant son jeune maître entrer brusquement.

— C'est bien lui, dit-elle en refermant la porte à grand renfort de verrous et de barres de fer.

— Sans doute, c'est moi, répliqua gaîment le jeune homme; eh! qui diable veux-tu que ce soit, Périne?

Périne lui conta en quelques mots ce qui venait de se passer.

— Ma pauvre mère ! mon absence l'a tourmentée à ce point, s'écria le jeune homme.

En trois bonds il fut au haut de l'escalier, puis dans les bras de sa mère.

— Pauvre enfant ! dit celle-ci, quand Christian eut serré la main de son père et dit bonjour à Marthe ; voyez comme il a chaud ; il est venu toujours courant, bien sûr.

— Quand j'ai vu qu'il était si tard, je me suis bien douté que tu serais inquiète, et alors...

— Et alors, tu t'es mis en transpiration, au risque d'attraper une maladie.

Voyons, mets-toi là, dit-elle en le faisant asseoir dans son fauteuil, et toi, Marthe, prépare-lui une tasse de lait.

Tout en parlant ainsi, elle essuyait avec son mouchoir les gouttes de sueur qui perlaient au front du jeune homme.

— Je parie, dit-elle, en écartant de la main les boucles de cheveux noirs qui retombaient sur ses tempes, je parie que tu étais encore dans la société de ce Français, de ce chevalier de Soulas.

— C'est vrai, ma mère, répondit Christian après un moment d'hésitation.

— Je n'aime pas cela, ces Français sont des insensés qui recherchent les aventures et se font un jeu de braver le péril ; je te l'ai déjà dit, mais tu ne te plais qu'à m'affliger.

— Heureusement que tu ne penses pas un mot de ce que tu dis là, répondit le jeune homme en souriant et en offrant son front à Madeleine, qui l'embrassa.

Marthe apporta la tasse de lait à Mme Roosendal, qui la remit à Christian.

Le jeune homme était le portrait vivant de sa mère ; de taille moyenne, fine et dégagée, il avait dans le port, dans le regard, dans l'expression du visage quelque chose d'ardent et d'impétueux qui annonçait une nature toute de cœur et d'élan. Aussi était-il adoré des ouvriers de son père, du vieux contre-maître et des deux servantes, qui tous

l'avaient connu enfant et l'avaient vu
grandir sous leurs yeux, et il leur rendait
largement leur affection.

Dans le sentiment que lui inspirait son
père, il y avait autant de respect que d'a-
mour filial, mais sa mère était tout pour
lui, et quand il parlait d'elle, c'était avec
un mélange d'enthousiasme et d'attendrissement qui attestait la grandeur de
son affection.

Du coin où il se tenait immobile et
muet, le Bohême contemplait cette petite
scène entre le fils et la mère avec la surprise et le ravissement qu'éprouverait un
aveugle, voyant tout à coup se dérouler
sous ses yeux, rendus à la lumière, un
parterre de fleurs éblouissantes. Jamais

il n'avait rien vu ni soupçonné de pareil,
et il lui prit tout à coup au cœur une
profonde horreur de sa vie errante et un
immense désir de réaliser avec Zora la
vie de bien-être, de calme et de bonheur
intime dont un pli se déroulait si sédui-
sant devant ses yeux.

— J'ai une nouvelle à t'apprendre,
dit Madeleine à Christian quand celui-ci
eut bu son lait jusqu'à la dernière
goutte.

— Bonne? demanda Christian en regardant dans les yeux de sa mère.

— Sans doute, répondit celle-ci.

Elle ajouta en étudiant les traits de
son fils pour y découvrir l'effet de ses
paroles :

— Il y a grande fête, dans trois jours, et nous sommes invités à y paraître.

— Une fête, dit vivement le jeune homme, et qui donc peut songer à donner une fête dans trois jours.

— Sabine y sera avec son père, reprit Madeleine, évitant de répondre à cette question.

— Je serai bien heureux de voir Sabine, ma mère ; mais dites-moi donc, je vous prie, où aura lieu cette fête.

— Eh bien, mais, répondit Madeleine affectant le ton le plus naturel, chez don Gonzalvo.

Christian se leva d'un bond.

— Infâmie ! s'écria-t-il rouge d'indignation, une fête le lendemain d'une exé-

cution capitale! Ah! c'est trop d'inso-
lence, et il est temps d'en finir.

— Tais-toi, oh! tais-toi! s'écria Madeleine en s'élançant sur son fils et l'enve-
loppant dans ses bras.

Et elle jetait autour d'elle des regards
effrayés, comme si les agents du terrible
Conseil eussent été là pour entendre son
fils et s'emparer de lui.

— Ma mère! dit Christian avec des
larmes de colère dans les yeux ; ah! c'est
qu'ils en font trop aussi, car enfin quand
on frappe l'esclave, on ne le force pas à
se parer de fleurs et à sourire.

Guillaume Roosendal s'approcha de
son fils, et lui prenant gravement la
main :

— Et pourtant, mon fils, lui dit-il, la prudence veut que nous nous rendions à cette fête.

— Jamais! s'écria Christian ; la honte m'y étoufferait.

— Si je t'en priais? lui dit Madeleine d'une voix si douce et si pénétrante, qu'il sentit se fondre son cœur.

Cependant il ne voulait pas se rendre.

— Tu n'aimes donc plus ta mère, Christian ? ajouta-t-elle en l'attirant à elle.

Et le jeune homme sentit une larme couler sur son front.

— Ma mère! oh! ma mère! je t'ai fait pleurer! Pardon, pardon, murmura-t-il en se jetant dans ses bras.

— Tu viendras donc ?

— Tu sais bien, ma mère, que je ne saurais te résister.

En ce moment un sanglot se fit entendre dans un coin.

C'était le Bohême qui pleurait et qui se demandait pourquoi ; car jamais il n'avait éprouvé une si délicieuse émotion.

Chacun se retira, et la pauvre mère fit des rêves d'or, tandis que son fils pensait au hardi coup de main organisé par le chevalier de Soulas, et dans lequel il allait jouer sa vie.

VIII.

LES DEUX FRÈRES.

Le lendemain, jour désigné pour l'exécution des deux condamnés, la duchesse
de Sterbeck et sa fille Noémie, qui avaient
passé la nuit entière à pleurer dans la
salle vaste et sombre où nous les avons
déjà vues, reçurent au point du jour un

messager du chevalier de Soulas, qui
leur rapporta, dans le plus grand détail,
tout ce qui était tenté pour le salut des
deux frères, et les laissa pleines d'espoir
dans le succès d'un complot si habilement
et si hardiment conçu.

Une triste pensée venait assombrir
pourtant ce rayon de bonheur; elles se
demandaient, et c'était avec un cruel
serrement de cœur que Noémie s'adres-
sait cette question, elles se demandaient
comment il se faisait que le comte Popoli
n'eût pas reparu, malgré la promesse
qu'il leur avait faite la veille de revenir
en toute hâte, et quoiqu'il ne pût ignorer
avec quelle fiévreuse impatience son
retour était attendu.

La duchesse, comprenant tout ce qu'un
retard si étrange devait jeter de sombres
et désolantes réflexions dans l'âme de sa
fille, déjà ébranlée par une si violente
douleur, évitait de lui parler du comte,
mais cette précaution même révélait
clairement toute sa pensée à la jeune fille
qui, pour la combattre, revenait sans
cesse sur ce pénible sujet.

— Je suis sûre, ma mère, que vous
condamnez le comte, disait-elle, je le
vois par votre silence, mais vous le jugez
mal ; il est incapable d'une lâcheté et c'en
serait une ; nous allons le voir ce matin,
et ce long retard va s'expliquer à son
avantage, n'en doutez pas.

— Je l'espère comme toi, mon enfant,

répondit la duchesse avec un accent qui n'était rien moins que convaincu.

— Il s'occupe de sauver mes frères, et qui sait si toutes ses heures ne sont pas prises jusqu'au moment où son œuvre sera accomplie.

— Cela est possible, ma chère fille, répondit sa mère sur le même ton.

Noémie se sentit glacée par cette inébranlable persistance, mais elle ne put se résoudre à ne voir qu'un misérable sans âme et sans honneur, dans l'homme qui s'était toujours présenté à elle sous un jour si grand et si chevaleresque, et elle attendit avec confiance.

Tout à coup un bruit de trompettes se fit entendre sur la grande place, sous les

fenêtres mêmes de la maison des Sterbeck,
et une voix retentissante annonça que les
deux rebelles, Rodolphe et Henri de
Sterbeck, allaient avoir la tête tranchée
en face du lieu de leur naissance, après
avoir subi d'abord le supplice des tenailles.

Quelques instants après, on entendait
retentir les coups de marteaux des char-
pentiers, qui se hâtaient de construire
l'échafaud.

— Mon Dieu! mon Dieu! s'écria la duchesse en passant ses mains dans ses cheveux blancs, ces hommes sauveront-ils
mes enfants de la torture et de la mort!

— Ma mère, dit Noémie, Dieu ne per-
mettra pas qu'ils endurent un pareil
supplice.

— Leur chair arrachée par les tenailles
des bourreaux ! non, c'est trop affreux;
cela ne se peut pas, balbutia la malheu-
mère, les lèvres blêmes et frémissantes à
cette horrible pensée.

— Ce crime odieux ne s'accomplira
pas, ma mère, lui dit Noémie, et l'impatience sanguinaire de nos tyrans, qui
commettent la faute de ne pas attendre
l'arrivée de leurs troupes de Malines, va
assurer le triomphe des six cents hommes
commandés par le chevalier de Soulas et
amener la délivrance de mes frères.

— Oui, oui, tu as raison, mon enfant,
s'écria la duchesse, et cette fois je sens
l'espoir pénétrer dans mon cœur.

— Ils se réunissent déjà, ils se concer-

tent entre eux, reprit la jeune fille, et
Paolo est dans leurs rangs, ma mère, il
va nous ramener Rodolphe et Henri, et
nous aider à chercher loin des Flandres
une retraite sûre.

— Oui, cela doit être, mon enfant, dit
la duchesse, se laissant aller enfin à toutes
les espérances, et je me reproche cruellement maintenant de l'avoir calomnié
dans ma pensée.

En ce moment les trois servantes de la
duchesse, toutes trois vêtues de noir,
vinrent humblement supplier leurs maî-
tresses de quitter leur demeure et d'aller
chercher un asile loin de la place où
allait se passer l'horrible drame.

— Non, mes filles, nous resterons jus-

qu'à la fin, leur répondit la duchesse ;
nous espérons encore dans la clémence
du Tout-Puissant, mais notre espoir
dût-il être déçu, mes enfants fussent-ils
frappés sur cette place par la hache du
bourreau, je ne consentirai jamais à faire
un pas en arrière. Nous resterons donc et
je vous prie de nous imiter.

Les trois servantes s'inclinèrent et
prirent place en pleurant sur des siéges
que la duchesse leur indiqua du doigt.

Voyons maintenant ce qui se passait
sur la place, emcombrée à cette heure
par une foule compacte, que tenait à distance une ligne] de soldats espagnols,
placée entre le peuple et l'échafaud.

La maison de Sterbeck, devant laquelle

avait été dressé l'instrument du supplice,
était entièrement close du haut en bas,
ce qui, joint à l'architecture toute particulière de sa façade, composée de bandes
de granit brun et de marbre noir alter-
nées, lui donnait l'aspect d'un vaste mo-
nument funéraire.

Cette sombre façade, qui semblait à la
fois une protestation et une menace,
occupait vivement l'attention de la foule.
C'était là que s'étaient écoulées les jeunes
années des deux innocentes victimes, dont
l'une était un enfant et l'autre n'était pas
encore un homme ; c'était là qu'ils
avaient grandi sous les larmes et sous les
sourires de cette mère qui se mourait.

d'angoisse à cette heure. Cette pensée était dans toutes les âmes et imprimait à tous les visages une poignante émotion.

Le chevalier Armand de Soulas et ses six cents hommes étaient à leur poste, groupés entre l'échafaud et la maison des Sterbeck. Chaque homme portait sur lui, cachés sous ses vêtements, deux pistolets chargés et un poignard.

Christian Roosendal se tenait près du gentilhomme français, qui, l'ayant pris en amitié, voulait être à même de le surveiller pendant l'action, et de le garantir autant que possible des périls au-devant desquels il ne manquerait pas de se précipiter.

— Rien de changé? demanda Christian au chevalier.

— Rien, répondit celui-ci ; j'ai pris de nouvelles informations ; j'ai vu par mes propres yeux, et plus que jamais le succès me paraît infaillible. Il est impossible qu'on dispose de plus de deux mille hommes pour assister à l'exécution, et, attaqués à l'improviste par six cents hommes résolus, ils seront vaincus et désarmés en moins de dix minutes. Nous pourrons, dès cet instant, considérer les deux frères comme sauvés.

— Le moment de l'attaque ?

— La minute où ils mettront le pied sur la première marche de l'échafaud.

— Et le signal ?

— Un de mes pistolets déchargé en l'air. Mais silence; j'entends les tambours.

A ce bruit, il y eut un frémissement imperceptible dans la bande du chevalier de Soulas; les visages devinrent graves, les mains se glissèrent sous les habits, et chacun se tint prêt à s'élancer au signal convenu.

Christian remarqua en ce moment que le chevalier paraissait soucieux; son front s'était contracté et l'on eût dit qu'il discutait intérieurement quelque énergique résolution.

— Quelque chose vous préoccupe, chevalier? dit le jeune homme.

— Oui, répondit le gentilhomme, je crains qu'il n'y ait un traître parmi nous, mais je ne le quitterai pas de l'œil, et si mes soupçons se justifient pendant le combat, malheur à lui, je lui loge une balle dans la tête.

Mais son attention se porta aussitôt sur les soldats espagnols, qui commençaient à déboucher sur la place.

Quand la moitié de la troupe eut défilé et se fut rangée autour de l'échafaud, les deux condamnés parurent, les mains liées derrière le dos, précédés du bourreau et de ses aides, le premier armé d'une hache qui étincelait sur son épaule, les seconds portant devant les deux frères un immense réchaud de charbon dans lequel étaient enfoncées de longues tenailles.

Ce dernier détail était un raffinement
de barbarie imaginé pour abattre le courage des deux frères, mais, ceux-ci, pénétrant cette pensée, arrêtaient de temps
à autre leurs regards sur les instruments
de torture et les contemplaient avec un
calme superbe.

Les deux frères avaient entre eux une
ressemblance frappante, quoiqu'ils dif-
férassent essentiellement quant à l'expression de la physionomie.

Rodolphe, plus grand et plus vigoureux que son jeune frère, se faisait re-
marquer par un air d'intrépidité et
d'audace qui imposait à ses bourreaux
eux-mêmes ; tandis que les traits distinc-
tifs de l'autre était un courage calme et

résigné, un mélange de douceur et d'é-
nergie concentrée qui tranchaient d'une
façon remarquable avec la figure et l'at-
titude martiale de Rodolphe.

Après eux venait don Gonzalvo Rivarès, ayant à sa droite Cornelia, et a
côté de celle-ci un personnage qui excita
une vive surprise : c'était le comte Paolo
Popoli, que toute la ville savait lié depuis
longtemps avec les Sterbeck et à la veille
d'épouser Noémie.

C'était là ce qu'avait imaginé Cornelia
pour mettre d'un seul coup Paolo à sa
hauteur dans la haine des Flamands;
elle comprit tout de suite qu'elle avait
parfaitement réussi en entendant de

toutes parts s'élever contre celui-ci des murmures d'horreur et d'exécration.

— Maintenant, pensa-t-elle, je le tiens dans ma main.

Les soldats achevèrent de défiler.

Quand la foule se fut refermée derrière eux, le chevalier de Soulas se pencha à l'oreille de Christian, et lui serrant la main avec énergie :

— Je les ai comptés, lui dit-il, ils sont quinze cents à peine, notre triomphe est certain ; dans un instant, nos deux amis seront libres.

Le regard fixé sur les condamnés, le chevalier calculait avec anxiété l'espace qui les séparait encore de l'échafaud ;

quand ils n'en furent plus qu'à trois pas,
il glissa la main sous són pourpoint et
saisit la crosse de son pistolet.

IX.

LE SUPPLICE.

Enfin, ils allaient gravir les fatals
degrés, et le chevalier posait déjà le doigt
sur la détente de son arme pour donner
le signal de l'attaque, quand un bruit de
trompettes, aussitôt suivi d'un fracas
dans lequel il était facile de reconnaître

le galop des chevaux et le retentissement
de l'artillerie roulant sur le pavé, se fit
entendre à quelque distance.

— Oh! malheur! murmura le chevalier de Soulas en pâlissant tout à coup,
ce sont les Espagnols de Malines, tout
est perdu.

Il ne s'était pas trompé, c'étaient les
trois mille cavaliers cantonnés à Malines
qui arrivaient et qui s'élancèrent au milieu de la place, précédés de huit pièces
de canon.

Les cavaliers, le sabre en main, se
rangèrent sur la place en quatre lignes,
tandis que les artilleurs, la mèche al-
lumée, acculaient leurs huit pièces, deux
par deux, aux quatre coins de l'échafaud.

Pendant que ce mouvement s'opérait, Cornelia, après avoir jeté dans la direction du chevalier et de sa troupe un regard de triomphe, poussa son cheval près de celui de Paolo.

— Comte Popoli, lui dit-elle, la comtesse de Ristaël a donc refusé de vous accompagner comme je l'y invitais?

— Ma sœur est excellente catholique, Senora, répondit Paolo ; les hérétiques n'ont pas d'ennemi plus mortel, mais elle a toutes les faiblesses de son sexe ; elle ne possède pas ce courage viril qui vous rend capable d'envisager sans pâlir les plus terribles spectacles, et, tout en applaudissant du fond du cœur aux châtiments par lesquels on essaie de ramener

ces misérables rebelles, il lui manque la
force d'âme nécessaire pour assister à
leurs supplices.

— Dieu me garde de douter de votre
parole, comte Popoli, reprit Cornelia ; je
veux donc croire de votre sœur tout le
bien que vous m'en dites, mais elle s'est
fait une réputation de frivolité qui ne
s'accorde guère avec la foi ardente et
l'horreur de l'hérésie, dont vous la dites
si vivement pénétrée.

— Cette apparente contradiction n'est
autre chose qu'une affaire de nationalité,
belle senora ; vous n'ignorez pas qu'en
Italie la religion affecte un tout autre
caractère qu'en Espagne, et que chez

nous l'amour des plaisirs s'allie parfaitement avec la plus sincère dévotion.

— Je sais cela, mais beaucoup de gens l'ignorent, répondit froidement Cornelia, et il est à regretter qu'une femme du nom et du rang de la comtesse de Ristaël donne aux hérétiques l'exemple d'une légèreté d'esprit et d'une indépendance de conduite qui ne peuvent que déconsidérer à leurs yeux le catholicisme et empêcher peut-être bien des conversions.

— Je ferai part de vos observations à ma sœur, Senora, et soyez assurée qu'elle renoncera aux façons un peu étranges qu'elle a rapportées d'Italie, quand elle comprendra les fâcheuses conséquences qui peuvent en rejaillir sur elle et sur la religion.

— Tâchez de lui faire comprendre la nécessité d'une complète réforme, dit Cornelia, en accentuant lentement ces paroles ; il y va de votre intérêt, car il ne suffit pas, pour que mon choix obtienne l'approbation du roi, que votre conduite et vos principes religieux soient irréprochables, il faut encore que les vôtres soient à l'abri du plus léger reproche ; une faute, moins que cela, une légèreté ou une inconséquence de votre sœur rendraient notre union impossible ; la famille dans laquelle j'entrerai doit être pure et austère entre toutes.

Ces paroles glacèrent Paolo, qui songea

avec terreur au caractère de Regina et aux dangers sans nombre qui pouvaient en surgir.

— Comte Popoli, reprit Cornelia, surmontez votre émotion, dans laquelle nos ennemis pourraient voir une preuve de sympathie pour les coupables, et assistons avec recueillement à l'exécution de ces réprouvés, car c'est la vengeance de Dieu même que nous accomplissons.

Paolo était vivement troublé, en effet, car il venait de rencontrer le regard de Rodolphe de Sterbeck, qui lui était entré dans le cœur comme la pointe d'un stylet.

Il devint affreusement pâle, quand il vit le bourreau et ses aides arracher violemment les vêtements des deux frères, qui restèrent nus jusqu'à la ceinture, puis retirer de la fournaise les longues tenailles qu'ils trouvaient sans doute rougies à point.

— Pauvres enfants ? murmura le chevalier de Soulas, il ne leur reste plus qu'à demander à Dieu la force de supporter leur martyre.

— Nous ne tenterons donc rien pour les sauver ? demanda le jeune homme.

— Rien ! répondit froidement le gentilhomme.

— Quoi ! vous aurez le courage de les laisser ainsi torturer sous vos yeux ?

— Du courage ! oui, il m'en faut beaucoup pour rester impassible devant un pareil spectacle ; regardez - moi, Christian, et vous comprendrez tout ce que je souffre.

Il était d'une pâleur livide, et de grosses gouttes de sueur coulaient sur son visage.

— Alors, dit Christian, donnez le signal, il en est temps encore : la colère et la haine triplent le courage de nos hommes et va rendre leur attaque irrésistible.

— Non, répliqua le chevalier, j'ai la responsabilité de six cents hommes, de six cents familles, mieux que cela, de la Flandre entière, dont une révolte manquée peut retarder l'affranchissement d'un demi-siècle peut-être ; je me trouve en face d'une force dix fois supérieure à la nôtre ; j'ai la presque certitude maintenant que nous avons été vendus et qu'on saisirait avec joie l'occasion de massacrer les plus braves et les plus énergiques enfants d'Anvers. Je dois à la confiance qu'ont mise en moi ceux qui m'ont pris pour chef d'imposer silence à mon cœur pour n'écouter que les conseils, de mon esprit; je ne me rendrai pas coupable de ce que je considérais à la fois comme une folie et comme un crime.

Rodolphe avait vu les bourreaux tirer du feu les tenailles.

— Henri, dit-il en se rapprochant vivement de son jeune frère, appuie ton bras sur le mien et appelle à toi tout ton courage.

— Non, mon frère, répondit le jeune homme en le repoussant doucement, les Espagnols m'accuseraient de lâcheté, et je veux soutenir jusqu'au bout l'honneur de la Flandre. Il nous reste une minute encore, employons-là à prier pour notre mère, qui connaît l'heure de notre supplice, et dont le cœur va endurer un martyre cent fois plus douloureux que le nôtre.

— Ah! ma mère! ma mère! murmura Rodolphe en portant la main à sa bouche pour comprimer un sanglot.

— Oui, Rodolphe, dit Henri, c'est elle qu'il faut plaindre; mais ne nous laissons pas abattre par cette pensée au moment où nous avons besoin de rassembler toutes nos forces. Ecoute-moi, mon frère...

Mais il n'acheva pas sa phrase, un cri aigu s'échappa de sa poitrine, ses traits, devenus subitement livides, se contractèrent d'une façon effrayante; ses lèvres, toutes blêmes, s'agitèrent convulsivement, et ses yeux roulèrent dans leur orbite avec une rapidité vertigineuse.

La tenaille rougie du bourreau l'avait mordu aux reins et lui avait arraché un lambeau de chair.

Rodolphe voulut s'élancer vers lui, mais deux mains vigoureuses le fixèrent à sa place.

— Au même instant il pâlit lui-même sous l'étreinte de la même torture qui venait de briser son frère ; mais ne laissa échapper ni un cri, ni un soupir. Les bras croisés sur sa poitrine, tous les muscles du corps violemment tendus, pressant énergiquement sous ses pieds les planches de l'échafaud, il avait l'immobilité du granit et on eût dit une statue de la Force.

Pendant ce temps, Henri était revenu à lui; la puissance de la volonté avait vaincu la douleur. Alors se tournant vers le bourreau : .

— C'est sous la surprise et non sous la souffrance, lui dit-il, que j'ai succombé un instant; fais ton métier maintenant, tu n'entendras plus une plainte sortir de ma bouche.

Mais à peine venait-il de prononcer ces
paroles, qu'il s'élança en pleurant dans
les bras de son frère.

— Henri! mon frère! s'écria celui-ci,
tu te déshonores aux yeux de nos ennemis.

— Rodolphe, balbutia le jeune homme
avec des sanglots, ma mère! ma mère et
ma sœur !

Et il étendit la main dans la direction
de leur maison, dont ils étaient éloignés
de trente pas à peine.

Rodolphe porta ses regards de ce côté,
et alors lui aussi sentit les larmes monter
à ses yeux et inonder son visage; et des
dix mille personnes qui étaient là et qui
virent ce spectacle inouï, il n'en était pas

une, hors Cornelia peut-être, qui ne sentît son cœur se fondre dans sa poitrine.

La maison des Sterbeck étant close du haut en bas, comme nous l'avons dit, tout le monde la croyait inhabitée ce jour là ; la surprise fut donc extrême quand, presque aussitôt après le cri perçant poussé par Henri de Sterbeck, on vit s'ouvrir à deux battants la grande porte qui formait le centre du bâtiment et se trouvait de plain pied avec un perron élevé de sept à huit pieds au-dessus du sol.

Mais nulle expression ne saurait donner une idée de l'émotion qui s'empara de la foule, quand elle vit paraître à cette porte et s'avancer lentement sur ce perron, d'où elle dominait la place, la mère des deux condamnés, la duchesse de Sterbeck, couverte de longs vêtements de deuil, les cheveux tout blancs (ils avaient blanchi en huit jours) les yeux rouges et fixes, les traits d'une pâleur de marbre, et tenant à la main un mouchoir tout imprégné de ses larmes.

Elle était accompagnée de sa fille et suivie de ses trois servantes, toutes trois également vêtus de noir, soutenant la marche de leur maîtresse.

Par une étrange fatalité, le regard de Noémie ne rencontra qu'une seule des dix mille têtes entassées sur la place, et cette tête était celle de Paolo Popoli, Paolo à cheval aux côtés de Cornelia, et assistant au supplice de ses frères! Elle devina tout, la vérité traversa son âme comme un éclair. Alors, comme fascinée, son regard resta fixé sur lui, ses traits prirent une expression effrayante, elle leva lentement la main, étendit le doigt vers lui, et après un long silence, pendant lequel elle resta la bouche béante et le corps aussi immobile que s'il eût été pétrifié, elle lança un éclat de rire si formidable qu'il retentit par toute la place et fit frissonner toutes les âmes. Puis elle s'élança dans la maison, où l'on entendit se prolonger un effrayant éclat de rire longtemps après qu'elle eut disparu.

La jeune fille venait d'être frappée de folie.

La duchesse parut presque insensible à ce nouveau malheur; la mesure était comblée, rien ne pouvait plus ajouter à son désespoir.

Au moment où, les regards ardemment fixés sur l'échafaud, elle posait la main sur la balustrade du perron, les tenailles rouges des bourreaux faisaient, pour la deuxième fois, leur terrible office, laissant sur le corps des deux martyrs, une nouvelle plaie par laquelle le sang s'échappait à flots.

En face de leur mère qui les couvait du regard, ils restèrent tous deux impassibles.

Quand à celle-ci, sa main rebondit sur
l'appui de pierre où elle venait de se
poser, on vit son corps frissonner convulsivement sous ses longs voiles de deuil,
et des gouttes de sueur, ruisselant de
son front, se mêlèrent aux larmes qui
sillonnaient son visage. Mais elle resta
à la même place, la tête haute, le regard
obstinément tourné vers le point fatal.

Tous les yeux étaient mouillés de
larmes, toutes les femmes éclataient en
sanglots.

Les bourreaux eux-mêmes se sentaient
troublés

Sur un signe de Cornelia, ils revinrent
une troisième fois à la charge.

— Pauvre mère ! murmura Rodolphe.

— Mon Dieu! doublez ma souffrance et prenez pitié d'elle, soupira Henri, qui se sentait étouffé par les sanglots.

Au moment où les tenailles ardentes mordaient pour la troisième fois la chair de ses enfants, la duchesse de Sterbeck avait fléchi légèrement sur ses jambes; sa pâleur était devenue cadavéreuse et ses yeux s'étaient fermés.

— Elle perd connaissance, dit une des trois servantes, arrachons-la à cet affreux spectacle.

Et toutes trois, tremblantes, effarées, aussi pâles, aussi défaites que leur maîtresse elle-même, car elles avaient vu grandir les deux frères, car elles les avaient bercés enfants sur leurs genoux,

toutes trois se mirent en devoir d'em-
porter la malheureuse mère dans sa
maison.

Mais celle-ci était revenue du vertige
sous lequel son âme s'était affaissée un
instant, et repoussant de la main les trois
femmes :

— Non, dit-elle, je resterai jusqu'au
bout, tant que la vie ne les aura pas
abandonnés, tant qu'il restera un souffle
dans ma poitrine. Laissez-moi, mes
filles, je ne veux pas être soutenue, je
veux demeurer seule, avec mes propres
forces, face à face avec l'échafaud ; éloi-
gnez-vous.

A cet ordre, intimé avec un mélange
de douceur et de dignité qui la grandis-

sait encore dans son héroïsme, les servantes s'éloignèrent de leur maîtresse et se retirèrent au seuil de la maison, le dos tourné à l'échafaud, la tête plongée dans leurs tabliers noirs et pleurant tout bas.

Alors la duchesse, se tenant d'une main à la balustrade de pierre, pressant de l'autre son mouchoir avec lequel elle essuyait de temps en temps la sueur qui roulait sur ses traits livides et décomposés, assista trois fois encore à l'effroyable supplice des tenailles, vit le sang ruisseler du corps de ses enfants jusqu'à couvrir leurs pieds, et l'immense, l'incommensurable douleur qui tordait chaque fibre de son cœur de mère, ne se trahissait que de loin

en loin par un léger soubresaut du
corps, ou par une tension si violente des
muscles de la main, que ses ongles semblaient s'enfoncer dans le granit de la
balustrade.

Vingt minutes s'étaient écoulées depuis
le commencement du supplice, un siècle
de douleur! Les bourreaux allaient se
remettre à l'œuvre, quand tout à coup
la duchesse de Sterberck s'affaissa sur
elle-même et resta étendue immobile sur
le pavé blanc du perron.

Ses servantes s'élancèrent vers elle, la
croyant évanouie.

Il y eut un moment de silence, puis
on entendit une de ces femmes jeter ce
mot, dans un cri d'angoisse : morte !

Tout le monde, tant le silence et l'anxiété était profonde, entendit le cri et la parole; l'un et l'autre parvinrent aux oreilles des deux frères.

Le plus jeune pleura abondamment.

L'aîné s'agenouilla dans son sang et levant les yeux au ciel :

— Mon Dieu! s'écria-t-il d'une voix forte et vibrante, soyez béni : elle ne souffre plus !

Puis, se relevant et s'adressant à son frère :

— Maintenant, Henri, lui dit-il, la mort est une fête pour nous, puisqu'elle va nous réunir à notre mère, qui nous attend là-haut.

Irritée d'un héroïsme dont l'effet ne

pouvait qu'exalter le courage des Flamands, sur l'esprit desquels elle avait
compté produire une impression toute
contraire, Cornelia jeta un coup d'œil à
son père, et, sur un mot de celui-ci,
aussitôt transmis aux bourreaux, la hache
mit bientôt fin à cette sanglante tragédie.

— Oh! ma pauvre mère! murmura
Christian en quittant la place, s'il fallait
qu'un jour, comme la duchesse de Sterbeck... Oh! c'est affreux à penser.

Et il se hâta de rentrer chez lui.

X.

DEUX CŒURS DÉVOUÉS.

Le supplice des deux frères de Sterbeck avait frappé de terreur tous les esprits ; la consternation était peinte sur tous les visages et les Flamands qui se rencontraient dans les rues ou sur les places

publiques osaient à peine échanger entre
eux quelques paroles.

Les mères tremblaient pour leurs fils,
les femmes pour leurs époux, et leurs
craintes n'étaient pas sans fondement,
car chez la partie jeune et énergique de
la population, ce n'était pas l'épouvante,
mais la colère et l'indignation qui bouil-
lonnaient dans tous les cœurs.

On s'attendait ce jour-là à une révolte,
et dans cette prévision, Cornelia avait
retenu à Anvers les trois mille soldats
qu'elle avait fait venir de Malines et dont
l'arrivée avait sauvé sa fortune, et peut-
être sa vie.

Mais aucune mère peut-être n'éprouvait une angoisse pareille à celle qui

dévorait l'âme de Madeleine Roosendal.
La nuit qui suivit cette terrible exécution,
dont tous les détails lui avaient été rap-
portés, elle la passa tout entière sans
sommeil, tremblant que son fils ne prît
part à la révolte si elle venait à éclater,
et se mettant l'esprit à la torture pour
trouver quelque moyen de le retenir
toute la journée à la maison.

Le matin, après le déjeuner, elle s'ha-
billa, se couvrit de sa plus belle mante,
pria Christian d'aller l'attendre dans le
jardin et sortit.

Christian qui trouvait un grand bonheur, une espèce de ravissement à suivre
à la lettre, comme un enfant, les moindres
ordres de sa mère, se rendit aussitôt au

jardin et le parcourut lentement, rêvant aux deux êtres qui occupaient la plus belle partie de son cœur, à sa mère et à Sabine.

Ce jardin était encore une des créations de Mme Roosendal.

Antérieurement à son mariage, c'était un vaste enclos inculte, planté d'arbres séculaires, mais parmi lesquels il était impossible de circuler, tant l'incurie du propriétaire, complétement absorbé par le commerce, laissait aux ronces, aux orties et à toutes sortes de plantes parasites, liberté entière de pousser, de s'étendre et d'envahir le sol. Toujours tourmentée du désir de donner à sa demeure une grande et noble physionomie;

profondément pénétrée de cette idée, que
l'élégance et la beauté du cadre concou-
rent puissamment au relief des carac-
tères, et exercent sur les esprits, même
les plus sérieux, une action considérable,
Madeleine avait fait émonder le sol,
enlever quelques arbres, ménager çà et là
une clairière, dessiner un jardin, et,
d'un terrain inabordable, elle avait fait
ainsi quelque chose de charmant.

Vers l'extrémité la plus reculée du bois,
auquel, sous sa direction, on avait conservé un caractère agreste et sauvage,
s'élevait une roche toute tapissée de
plantes grimpantes, d'où jaillissait une
source naturelle et sur laquelle de grands

hêtres répandaient une ombre épaisse et une délicieuse fraîcheur.

C'était là que, pour la première fois, Christian avait osé presser la main de Sabine dans sa main tremblante; c'était là qu'il avait vu les traits de la jeune fille se couvrir subitement de cette belle rougeur qui est le plus délicat, le plus naïf et le plus involontaire des aveux; aussi cet endroit l'attirait-il comme un irrésistible aimant, et dans ces promenades au jardin, il y revenait dix fois en une heure.

Il y était encore, assis sur un fragment de la roche et rêvant à Sabine, qu'il n'avait pas vue depuis plusieurs jours, quand tout à coup, d'une petite allée sombre, il

vit déboucher deux femmes, l'une calme,
imposante et radieuse dans sa beauté:
c'était sa mère; l'autre légère, fraîche,
délicate et pure de formes comme un
rêve : c'était Sabine.

La surprise et la joie avaient pétrifié le
jeune homme; il resta immobile à sa
place, les regardant venir et ne trouvant
pas même un mot pour exprimer son
bonheur.

— Eh bien, Monsieur, lui dit la jeune
fille avec une petite moue grondeuse, on
s'inquiète, on se dérange tout exprès pour
venir vous voir, quand on devrait vous
en vouloir et vous punir de votre peu
d'empressement, et c'est ainsi que vous
vous montrez reconnaissant !

Christian ne répondait pas, mais Madeleine, qui vivait dans son âme, lisait ses impressions comme dans un livre et comprenait parfaitement la cause de son silence.

— Allez, reprit Sabine, en s'éloignant de quelques pas, je regrette d'avoir cédé si vivement à l'invitation de Mme Roosendal, et vous mériteriez bien que je reprisse tout de suite le chemin de la maison.

Madeleine les regardait tous deux en souriant, et ses beaux yeux noirs exprimaient avec éloquence le ravissement auquel elle était en proie.

— Ah! s'écria Christian en s'élançant

vers elle, tu comprends, toi, chère mère,
pourquoi je ne puis rien dire.

— Ne voyez-vous pas que le bonheur
l'étouffe, dit Madeleine à Sabine.

La jeune fille jeta sur Christian un
regard furtif, et un sourire, à la fois plein
de malice et de naïveté, apprit à Mme
Roosendal qu'elle avait tout compris aussi
bien qu'elle.

— Allons, dit-elle, promenez-vous
pendant que je vais faire servir le goûter,
et je suis sûre que vous ne tarderez pas à
faire la paix.

Et elle s'éloigna en les embrassant tous
deux au front.

En arrivant au jardin, qui s'étendait
entre le bois et le corps de logis, Mme

Roosendal aperçut Zora qui se promenait lentement au soleil en s'appuyant sur le bras de Pepito : ils causaient tous deux, et on pouvait juger, à la vivacité de leur pantomime, que l'entretien roulait sur un sujet qui les intéressait vivement.

Au bruit du sable criant sous les pas de Madeleine, ils se retournèrent tous deux, puis avant que celle-ci eût eu le temps de s'y opposer, la jeune femme tomba à genoux devant elle, s'empara de sa main et l'inonda de larmes.

— Pauvre enfant, qu'a-t-elle donc? demanda Madeleine à Pepito.

— Elle voudrait vous remercier de l'avoir recueillie et soignée comme une sœur, Madame, répondit celui-ci vivement ému lui-même, et elle ne trouve que des larmes.

— Relevez-vous, Zora, dit Madeleine, à la jeune femme, vous êtes bien faible encore, car les barbares vous ont mise dans un cruel état.

— Ah ! si ce n'était que la souffrance, Madame, répondit Zora, mais ils m'ont dépouillée, ils m'ont exposée nue aux yeux de ces grossiers soldats, voilà ma vraie torture; les plaies de mon corps se cicatriseront, mais celle-là, jamais.

— Et c'est une femme, c'est une jeune fille qui a imaginé cet odieux supplice, murmura Pepito d'une voix sifflante.

Puis, avec une rapidité qui attestait la puissante organisation de cette étrange nature, il reprit en passant de la colère la plus ardente au calme le plus parfait.

— La patience est une grande force et un beau trésor.

— Avez-vous quelque chose à me demander, Zora? dit Madeleine à la jeune Bohême, qui la regardait d'un air suppliant avec ses grands yeux de gazelle.

— Oui, Madame, mais je n'ose, répondit Zora.

— Vous avez donc peur de moi ?

— Peur! oh! non, je vous aime trop pour cela, mais je serais si malheureuse si vous me refusiez.

— Voyons, dites, que voulez-vous?

— Eh bien! nous disions tout-à-l'heure, Pepito et moi, que ce serait un grand bonheur pour nous, oh! un bien grand bonheur, si vous vouliez nous garder tous deux, moi, pour vous servir, Pepito pour apprendre à travailler dans la fabrique de M. Roosendal.

En voyant l'expression d'angoisse avec laquelle les deux Bohêmes attendaient le résultat de cette humble requête, Madeleine ne put s'empêcher de sourire.

— Je parlerai de cela à M. Roosendal, dit-elle à Zora, et si, comme je le pense, il me demande mon avis, je puis vous affirmer d'avance que vous ne nous quitterez plus.

Et elle s'éloigna laissant les deux Bohêmes comme étourdis par l'excès du bonheur.

— Vois-tu, Zora, dit Pepito en jetant
vers elle un regard où éclatait l'ardeur
d'un dévoûment sans bornes, Mme Roosendal est trop belle et trop bonne pour
une femme, c'est un ange.

Il ajouta après un moment de rêverie :

— Elle a bien fait de nous garder,
Zora, car si jamais un péril venait à la
menacer, elle ou les siens, j'aurai, pour
la défendre, la fidélité du chien, le courage du lion, et s'il le faut, la férocité du
tigre.

Pendant ce temps, Madeleine Roosendal traversait les vastes salles, les larges
et hauts vestibules où s'épanouissaient
majestueusement les tableaux de maîtres,
les beaux meubles de chêne, les hauts

dressoirs avec leurs vases d'or et leurs
plats d'argent finement ciselés, puis elle
arrivait à une pièce tendue de gracieuses
tapisseries, qui devait être un jour la
chambre des deux jeunes époux, et dans
laquelle elle avait coutume de leur faire
servir un goûter composé de fruits, de
confitures et de pâtisseries, chaque fois
qu'elle recevait la visite de Sabine.

Une heure après, car elle savait les
deux jeunes gens heureux et ne s'était
pas hâtée, Madeleine avait dressé elle-
même le couvert et servi la table autour
de laquelle quatre personnes se trouvèrent bientôt réunies, elle, son mari et les
deux jeunes gens.

Au moment de prendre place près de

Sabine, Christian, en se penchant machi-
nalement à la fenêtre de la rue, avait
rencontré le regard d'un homme qui passait à cette heure et qui lui fit de la main
un signe d'intelligence.

La vue de cet homme venait réveiller
tout à coup dans l'âme de Christian un
cortége de sombres pensées, et ce fut le
front tout soucieux qu'il vint prendre
place entre sa mère et sa fiancée. Mais
Madeleine l'ayant doucement plaisanté
sur l'étrange façon dont il témoignait sa
joie de passer toute une journée avec
Sabine, il comprit la nécessité de changer de visage et parvint bientôt à s'absorber tout entier dans son bonheur.

Le passant dont la vue venait de faire

une si fâcheuse impression sur l'esprit de Christian était l'Espagnol connu sous le nom de Mastrillo l'Andaloux.

Mais si le lecteur veut nous suivre chez le chef du conseil des Troubles, nous lui apprendrons bientôt où allait à cette heure le complice du chevalier de Soulas.

XI.

LE MENDIANT GOMEZ.

Avertie des symptômes inquiétants qui se manifestaient par la ville, Cornelia avait appelé son père et avait fait prier le comte Popoli de se rendre près d'elle.

Quand ils furent tous trois réunis, elle leur fit part de ce qui se passait et les en-

gagea à examiner avec elle le parti qu'il y
avait à prendre.

Don Gonzalvo pensa qu'il était sage de
calmer au plus vite l'exaltation des esprits par une tentative dans la voie de la
clémence, et il conseilla en conséquence
de relâcher quelques-uns des prisonniers les moins compromis, puis de renoncer à la fête du lendemain, dans
laquelle les Flamands voyaient une cyni-
que et sanglante raillerie.

— Et vous, comte Popoli, dit Cornelia
en fixant sur Paolo son regard clair et
pénétrant, quel est votre avis?

Avant d'exprimer son opinion, Paolo
chercha à lire sur les traits de Cornelia
ce qu'elle pensait de celle de son père,

mais le visage de l'Espagnole était un livre indéchiffrable; elle tenait de Philippe II, son maître, l'art de donner à l'épiderme l'inflexibilité du bronze.

Dans le doute, le comte se décida pour le parti de la rigueur, bien certain de se concilier ainsi la sympathie de Cornelia, même dans le cas où elle croirait devoir se ranger à l'avis de son père.

Cornelia garda un instant le silence; puis, s'adressant à don Gonzalvo :

— Mon père, lui dit-elle, en adoucissant légèrement le ton tranchant que lui donnait l'habitude d'une autorité presque illimitée, voulez-vous que je vous dise ce qui arrivera si nous nous relâchons un seul jour de la sévérité que nous avons déployée jusque-là contre ces rebelles incorrigibles? Eh bien, il arrivera que nos soldats, ne voyant plus en nous la même fermeté, n'auront plus ni la même confiance, ni le même courage, tandis que les Flamands, puisant dans notre faiblesse l'audace qui leur a manqué jusqu'à présent, se lèveront en masse et nous écraseront.

— Et pourtant, dit don Gonzalvo, l'exemple du duc d'Albe est là pour nous apprendre à quoi aboutit le système dans lequel vous persistez à l'imiter. Que lui a rapporté tant de sang répandu, à cet illustre capitaine, à ce profond diplomate? En Flandre, des révoltes sans nombre, et à Madrid, une disgrâce, car tout le monde

la pressent depuis quelque temps, et le
duc d'Albe lui-même, dit-on, attend
d'heure en heure son rappel en Espagne.

— Et je crois, répliqua Cornelia avec
un accent de triomphe, qu'il ne l'atten-
dra pas longtemps. Mais sachez-le bien,
mon père, ce n'est pas sa sévérité qui dé-
termine son rappel, c'est parce que cette
sévérité, en amenant un résultat contraire à celui qu'on en attendait et qu'elle
eût dû produire, a compromis les intérêts du roi d'Espagne dans les Pays-Bas.
Le duc sera rappelé, mais non disgrâcié,
ce qui arriverait à coup sûr à celui qui
userait d'indulgence envers les hérétiques.

Il faut donc montrer la même énergie

I   16

pour frapper, mais plus d'adresse pour déjouer, plus de perspicacité pour prévoir et comprimer.

Le duc d'Albe étouffait la révolte dans le sang, au lieu de la couper dans le germe. Voilà son grand tort et la cause de son insuccès, voilà la faute que je veux éviter. Je veux châtier les rebelles sans pitié, mais je ne veux pas attendre pour les combattre que la conspiration, mûre et puissante, s'élance en armes dans la rue, non, je veux la saisir et l'enlever dans son nid avant qu'elle soit éclose.

En procédant ainsi, on arrête tout avec cinq ou six têtes tranchées, les têtes qui pensent, les seules dont il faille s'in-

quiéter, et on glace l'énergie des conspi-
rateurs en les convainquant que nous
avons partout un œil pour les voir et pour
les compter.

— Voilà en effet des maximes dignes
d'un homme d'Etat consommé, dit Gonzalvo avec une pointe d'ironie; mais permettez-moi de vous faire observer, ma
chère fille, qu'il est plus facile de les exprimer que de les mettre en action.

— C'est pourtant ce que je vais faire,
mon père, dit froidement Cornelia; avant
huit jours, j'aurai fait trancher sept têtes
et étouffé pour toujours l'association la
plus formidable qui nous ait jamais me-
nacé.

— Vous êtes sûre de l'existence de cette association, Cornelia ?

—Si sûre, répondit Cornelia avec une nuance de dédain dans le regard, que je vais vous la prouver immédiatement, en vous dénonçant un de ses actes dont vous serez à même de vérifier à l'instant l'exactitude. Savez-vous pourquoi les soldats et l'artillerie que nous avions mandés de Malines ont été en retard de plusieurs heures ?

— Non, je m'en suis rapporté à vous du soin d'éclaircir ce mystère.

— Eh bien ! c'est que le chef des troupes de Malines avait reçu, la veille même de l'exécution, un contre-ordre portant la signature de don Gonzalvo Rivarès et revêtu du cachet du conseil des Troubles.

— Que dites-vous là! s'écria don Gonzalvo, je n'ai jamais envoyé un pareil écrit.

— Je le sais fort bien, ce qui n'empêche pas qu'il ait été reçu.

— Je vous déclare que cela est impossible.

— Pourriez-vous m'affirmer, Senor, que le cachet du Conseil soit toujours à sa place?

— Sans aucun doute.

— Et moi, je vous atteste qu'il n'y est pas.

— C'est trop fort, je vais vous le rapporter à l'instant même.

Et don Gonzalvo sortit précipitam-
ment.

— Comte Popoli, dit alors Cornelia à
Paolo, quoique ce ne soit guère l'usage,
j'ai annoncé moi-même à mon père que
vous aspiriez à ma main et lui ai déclaré
que j'étais disposée à accueillir votre demande, s'il le trouvait bon. Vous savez
que dans toutes les choses graves, mon
père a pour coutume de toujours se con-
former à mon opinion ; c'est ce qu'il a
fait encore en cette circonstance, et la
demande que vous avez à lui adresser
n'est plus qu'une simple formalité ; elle
est accordée d'avance.

Paolo voulut remercier Cornelia ; elle
lui imposa silence d'un signe.

— Mon père va rentrer, laissez-moi finir, dit-elle. Nous avons donc son consentement, mais il nous reste à obtenir celui de Philippe, qui est d'un naturel moins débonnaire. Pour le décider, il faut frapper un grand coup, il faut rendre à son trône et à la religion un service éclatant, et cette grande occasion de vous signaler et de faire parvenir votre nom jusqu'à lui, je vous l'ai trouvée.

— Ah! fit le comte avec quelque appréhension, et quelle est la mission dont vous voulez bien me charger?

— Je viens de parler des sept chefs d'une grande et dangereuse association, c'est vous qui commanderez les hommes chargés de les arrêter.

L'entretien fut brusquement interrompu par l'arrivée de don Gonzalvo,
qui entra la figure toute consternée.

— Eh bien, mon père? lui demanda
Cornélia.

— Vous aviez raison, le cachet n'y est
pas.

— Il était entre les mains du chef de
cette bande de rebelles qui, après avoir
fait imiter votre signature au bas du
contre-ordre qui a failli décider notre
perte, lui a donné un dernier caractère
d'authenticité en le revêtant de ce cachet.

— Mais en quelles mains se trouve-t-il
maintenant, et comment pourrons-nous
le ravoir ?

Cornelia regarda l'heure.

— Il nous sera rendu dans cinq minutes, au premier coup de deux heures,
dit-elle, mais j'ignore par qui.

— Voilà qui est singulièrement mystérieux. Vous êtes sûre que cet homme se
présentera ?

— Je l'espère.

— Et moi j'en doute, car voici deux
heures, et...

— Et me voilà, Senor, dit une voix
grave au seuil de la porte.

— Trois exclamations de surprise par-
tirent à la fois à l'aspect du mendiant
Gomez que Cornelia connaissait si bien,
et que le comte et don Gonzalvo reconnu-
rent tout de suite eux-mêmes sur le

portrait qu'elle leur en avait fait, car il avait toujours le même manteau à larges bandes transversales, son air taciturne et son œil fier et intelligent. Quelques tons blancs dans la barbe et dans les cheveux étaient le seul changement qui se fût opéré en lui.

— Gomez! s'écria Cornelia en courant à lui avec une explosion de joie dont Paolo l'eût crue incapable.

— Oui, c'est moi, répondit le mendiant dont la voix, largement timbrée, prit une expression de douceur extrême en lui parlant; moi qui suis arrivé à temps pour vous sauver.

— Et ce cachet, lui demanda don Gonzalvo, vous prétendez que c'est vous...

— Le voilà, dit Gomez.

Et tirant le cachet de son pourpoint, il le remit à don Gonzalvo.

Celui-ci le regarda avec une minutieuse attention et le reconnut parfaitement.

— Etes-vous content de moi, Senor, lui dit alors Gomez, et croyez-vous que je vous aie rendu un service de quelque valeur.

— Je ne l'oublierai de ma vie, je vous le jure, dit don Gonzalvo, et je ne désire qu'une occasion de vous prouver ma re-connaissance.

— Vous ne l'attendrez pas longtemps, Senor, vous pouvez me la prouver à l'instant même.

— Comment ?

— En me laissant dix minutes seul avec la senora Cornelia.

Don Gonzalvo consulta sa fille du regard.

— Ce pauvre Gomez, vous savez combien je l'aime, mon père, répondit Cornelia ; soyez assez bons pour nous laisser ensemble.

— Volontiers.

Don Gonvalvo et le comte Popoli se retirèrent, et Cornelia se trouva seule avec Gomez.

— Ah ça! mon brave Gomez, lui dit celle-ci, apprends-moi donc avant toute chose, comment tu as su que ce cachet se trouvait entre les mains des chefs d'une conspiration, et comment tu as pu t'en emparer.

— Vous allez le comprendre tout de suite, Senora, vous verrez qu'il n'y a dans tout ce mystère rien que de très-simple et de très-naturel. Cette fameuse association des tisserands et des foulons a huit chefs, l'un des chefs est Espagnol et on l'appelle Mastrillo l'Andaloux.

— Eh bien?

— Eh bien! Mastrillo, c'est moi.

— Ah! je comprends!

— Vous comprendrez tout-à-fait quand je me serai expliqué. Ecoutez-moi donc.

— Asseyons-nous et parle, Gomez.

Quand ils eurent pris place en face
l'un de l'autre, le mendiant reprit :

— Quoique séparé de vous par une distance considérable, je ne vous perdais pas
de vue du coin que j'habitais là-bas, à
Madrid, et quand j'appris, par le bruit
que faisait déjà votre nom, votre implacable rigueur vis-à-vis des hérétiques,
je vis par là que vous vous conformiez
beaucoup plus strictement que je ne
l'eusse voulu au conseil que je vous avais
donné de tout mettre en œuvre pour ga-
gner l'esprit de Philippe II. Je devinai
sans peine les innombrables dangers auxquels vous exposait cet intraitable fanatisme, et je résolus de me rendre à Anvers
pour y chercher et y combattre les com-

plots qui, à coup sûr, devaient être dirigés contre vous.

— Excellent Gomez, murmura l'Espagnole.

— Je ne m'étais pas trompé; à force
de me plaindre, dans tous les endroits
publics, de Philippe II et du duc d'Albe,
accusant celui-ci des malheurs imagi-
naires, mais effroyables, que je préten-
dais avoir subis, je finis par rencontrer
des gens qui firent écho avec moi et auxquels j'inspirai enfin assez de confiance
pour me faire admettre dans la fameuse
association des foulons. J'en suis devenu
bientôt un des chefs, tous les secrets de
la conspiration m'ont été livrés; j'ai
connu, depuis le plus puissant jusqu'au

plus infime, tous les hommes qui la com-
posent, j'ai pris leurs noms à tous, et je
puis répondre que tous les membres de
l'association une fois écrasés ou dispersés,
vous êtes aussi puissante et aussi tran-
quille dans Anvers que le roi d'Espagne
à Madrid.

— Tu as fait tout cela, mon bon Gomez!
s'écria Cornelia en lui saisissant vivement la main dans un transport de re-
connaissance ; que ne te dois-je pas, mon
Dieu !

— Vous me devez au moins de n'être
pas chassée d'Anvers depuis vingt-quatre
heures, et mieux encore peut-être, car
je doute que le peuple vous eût laissé la
vie.

— Mais que puis-je faire pour toi, Gomez?

Le mendiant regarda Cornelia avec une émotion indéfinissable,

— J'étais venu dans l'intention de vous le dire, répondit-il, mais j'ai réfléchi; je ne veux parler que le jour où j'aurai éloigné de votre tête jusqu'à l'ombre du péril, c'est-à-dire le jour où il n'y aura plus trace de l'association qui a juré solennellement votre mort.

— Ah! ils ont juré cela! murmura l'Espagnole avec un sifflement de haine.

— Ils ont juré aussi, reprit le mendiant, et plus solennellement encore, la mort du traître qui livrerait ses frères.

— Alors, ta vie est en danger, dit Cor-

nelia avec plus de sensibilité qu'on n'eût
cru pouvoir en attendre d'une telle nature.

— Le premier venu de ces six cents
hommes qui saurait dans quel but j'ai
pénétré parmi eux et ce que je viens d'accomplir à cette heure, me tuerait sans
hésiter.

— Ah! mais nous allons les écraser
tout de suite, aujourd'hui même, et
alors, ici, près de moi, tu n'auras plus
rien à redouter.

— Oui, il ne s'agit plus maintenant,
dit Gomez, que de savoir qui d'eux ou
de moi, portera le premier coup; toute
la question est là. Quant à en finir aujourd'hui, c'est impossible.

— Pourquoi ? ne m'as-tu pas dit que
tu avais pris en note le nom des chefs et
même celui de tous les membres de l'association ?

— Oui, mais cette affaire devant avoir
dans toute la Flandre un grand retentissement, il ne suffit pas d'avoir ces noms,
ce qu'il faut absolument pour donner à
cette grande exécution le caractère de
justice qui fera de vous un juge sévère,
inflexible, mais non un bourreau, c'est
le pacte solennel qui lie tous ces hommes
entre eux, et qui porte les signatures des
huit chefs, car le mien s'y trouve aussi.

— Tu as raison, Gomez, je ne puis rien
faire sans cela.

— L'homme qui garde cette pièce pré-

cieuse, notre chef suprême est aussi
brave qu'habile : je demande donc trois
jours pour vous la livrer.

— Et le lendemain, je te le jure, les
sept chefs seront décapités.

— Il y en a un, je vous en préviens, qui
soulèvera encore plus de sympathies que
les deux frères de Sterbeck ; c'est le fils
d'un des plus riches marchands de la
ville, et les Anversois adorent sa mère
comme une madone.

— Tant mieux, s'écria Cornelia avec
une énergie sauvage, c'est à celui-là que
je m'attache, l'exemple en sera plus terrible et plus salutaire ; les autres pourraient trouver grâce, peut-être, mais
pour celui-là, je serai inflexible.

Gomez se leva.

— Adieu, Senora, dit-il, je retourne parmi vos ennemis.

— Et une fois mon triomphe assuré, tu te reposeras près de moi de cette longue vie de lutte et de misère.

— Oui, quand vous serez gouvernante des Pays-Bas.

Il salua Cornelia de la main et sortit.

XII.

LAZZARO.

Dix minutes après que le mendiant
Gomez eut quitté l'hôtel du conseil des
Troubles, en prenant la précaution de
sortir comme il était entré, par une petite
porte basse, presque invisible, donnant
sur une ruelle étroite et toujours déserte,

le Bohême Pepito en sortait à son tour par le même chemin, et, faisant un rapide détour, se trouvait bientôt en face du comte Popoli, qui venait de quitter Cornelia.

Celui-ci tressaillit en l'apercevant, mais il feignit de ne pas le voir, et passa tout droit.

Ce n'était pas pour le laisser passer ainsi que Pepito avait voulu se trouver sur son chemin.

— Bonjour, Lazzaro, lui cria-t-il à haute voix.

Paolo se retourna et prenant un air plein de hauteur :

— Est-ce à moi que vous en avez, dit-il ?

— A toi-même, mon cher Lazzaro, répliqua le Bohême avec un ton de familiarité tout-à-fait intime.

— Vous vous méprenez, dit Paolo, toujours froid et dédaigneux, je ne me rappelle pas avoir jamais été de vos amis.

— Cela prouve qu'en cinq ans, on peut oublier bien des choses.

— Allons, laissez-moi, dit le comte, et cherchez ailleurs votre Lazzaro.

Et il fit mine de s'éloigner.

— Un dernier mot, dit Pepito, puisque vous n'êtes pas ce Lazzaro qu'il m'avait semblé reconnaître, il vous est tout-à-fait indifférent, n'est-ce pas, que j'aille raconter à la senora Cornelia certaine his-

toire concer ant cet ancien ami de ma
jeunesse,

Et à son tour, il fit un mouvement
pour se retirer.

Alors Paolo courut à lui, et le saisissant
par le bras :

— Allons, lui dit-il en changeant brusquement de ton, que me veux-tu?

— Ah ! on se décide à reconnaître son
ami Pepito. C'est d'un grand cœur quand
on s'appelle le comte Popoli et qu'on est
à la veille de devenir gouverneur des
Pays-Bas.

— Silence, malheureux ! s'écria Paolo
en jetant autour de lui des regards effrayés.

Mais personne ne pouvait entendre cet

entretien, qui avait lieu dans une rue
bordée d'un côté par une église et de
l'autre par un couvent de femmes.

— Voyons, reprit alors Paolo, enten-
dons-nous; la fortune m'a favorisé, et tu
peux compter sur moi. Quelles sont tes
prétentions?

— On ne peut plus modestes; je ne demande rien.

— Absolument rien?

— Pas un maravédis, et je dirai plus,
tu vas bien rire, Lazzaro, je ne change-
rais mon avenir ni contre le tien, ni contre celui de la senora Cornelia.

— A la bonne heure, dit Paolo en souriant, le ciel t'a doué d'une grande dose
d'humilité.

— Pas tant que tu penses, Lazzaro.

— Tu n'as pourtant pas la prétention, j'imagine, de t'élever jamais au-dessus de la senora Cornelia.

— Non, mais pourquoi ne descendrait-elle pas au-dessous de moi?

— Cela me paraît, fort probable en effet, surtout si tu peux la remplacer dans la faveur du roi d'Espagne.

— C'est à quoi j'ai songé et j'y vais faire tous mes efforts.

— Mon pauvre Pepito, je ne te crois pas la tête bien saine; mais finissons. Si tu n'as rien à me demander, pourquoi m'as-tu adressé la parole?

— Pour te donner un conseil, Lazzaro.

— Voyons ton conseil?

— Je n'ai nulle raison, quant à présent, pour vouloir te nuire, et tu n'as à
redouter de ma part aucune indiscrétion ;
mais si, n'ayant pas foi dans ma parole,
tu t'avisais de déchaîner contre moi ta
tigresse espagnole, et de me faire quelque
mauvais parti dans l'intérêt de ta sécu-
rité, alors je ferais parvenir au comte
d'Aguila, gouverneur d'Anvers, puis au
duc d'Albe, gouverneur des Pays-Bas, le
récit détaillé de la petite expédition dans
laquelle, de concert avec moi, presque
enfant alors, et d'ailleurs païen, tu as en-
levé les vases sacrés de la cathédrale de
Cadix. Tu sais qu'en apprenant ce crime
odieux, le roi Philippe jura de ne jamais
faire grâce au coupable Lazzaro, eût-il

été chercher un refuge au sein même de l'inquisition, en prenant place parmi ses familiers.

— Je sais cela, balbutia Paolo d'une voix tremblante, mais bientôt je l'espère...

— Oui, bientôt tu seras l'époux de Cornelia? Cornelia sera gouvernante des Pays-Bas, n'est-ce pas? mais *bientôt*, c'est souvent bien loin et quelquefois jamais.

— Mais d'où sais-tu donc l'espoir qu'à conçu Cornelia d'obtenir le gouvernement des Pays-Bas? car elle n'a confié ce secret qu'à trois personnes, son père, moi et Gomez.

— Si je te disais que ce secret je l'ai
appris de sa propre bouche.

— Je te répondrais que c'est impossible.

— Alors pourquoi m'interroger? Mais
je ne veux pas compromettre plus longtemps la dignité de ta seigneurie ; adieu,
souviens-toi de mon conseil.

— Un mot avant de nous séparer, dit
Paolo, as-tu réfléchi que le crime pour
lequel tu peux me faire trancher la tête,
t'expose exactement au même sort, puisque tu as été mon complice.

— Oui, j'y ai songé; mais d'abord,
puisque ma dénonciation n'aurait lieu
qu'autant que tu m'aurais jeté dans les
griffes de Cornelia, cette considération

ne saurait me toucher, attendu que je
n'ai qu'une vie à perdre; puis j'ai un
moyen infaillible de toucher le cœur de
Philippe II et d'en obtenir ma grâce.

— Tu ne connais pas Philippe II, mon
pauvre Pepito, et je puis t'affirmer que
ton moyen infaillible échouera complétement.

— C'est ce que nous verrons; au reste,
il s'agit de mettre à exécution un dessein
que j'ai conçu depuis quelque temps déjà,
sans calcul, sans arrière pensée, sans
nullement songer à m'en faire un titre
près du roi d'Espagne. Allons, adieu,
Lazzaro, ou plutôt au revoir.

Le comte Popoli, auquel nous conti-
nuerons de donner le nom sous lequel

nous l'avons présenté au lecteur, trouva, en rentrant chez lui, un domestique qui le prévint que la comtesse Regina le priait de passer chez elle.

La comtesse achevait en ce moment sa toilette, aidée par une jeune femme de chambre fort jolie, aux traits spirituels et à l'air dégagé. Elle se nommait Mariette ; c'était une Française, et il régnait entre elle et sa maîtresse un ton de familiarité très-étrange, même à une époque où les domestiques faisant un peu partie de la famille, il s'établissait entre eux et leurs maîtres, une certaine intimité.

— Ah ! ma pauvre Mariette, disait Regina en comprimant un bâillement, ne te

marie jamais, et surtout, si tu commets
cette imprudence, ne prends ni duc ni
comte, mais un simple et naïf bourgeois
qui te laisse aller et venir, et t'amuser à
ta guise, et qui ne fasse pas de sa maison
le temple de l'étiquette.

— Madame la comtesse me permettra-
t-elle de lui faire observer, répondit Mariette, en appuyant sur le titre avec une
intention finement et doucement rail-
leuse, qu'elle ne se contraint guère dans
ce temple-là et que l'étiquette est un
jouet pour elle plutôt qu'un joug.

— C'est un peu vrai, et cependant malgré toutes les licences que je me permets,
que de contraintes quand je songe au
passé !

— Ah! Regina, soupira la camériste, c'est le rêve de la vie que nous avons traversé alors, le rêve avec sa brume d'or et son atmosphère embaumée; c'était le temps des excursions capricieuses par les grands chemins poudreux, avec le ciel bleu sur nos têtes et les fleurs rouges à nos pieds; le temps enchanté où, jetant nos mandolines sur l'herbe, à l'heure où les peupliers allongent dans la plaine leurs ombres gigantesques, nous faisions le repas du soir au pied de quelque fontaine, dont l'eau, après nous avoir désaltérées, rafraîchissait nos mains et notre visage.

— En ce temps-là, dit Regina en soupirant à son tour, nous vivions libres

comme l'alouette, nous en avions l'insouciance et la gaîté; et puis les petites aventures de la route, les gracieux propos que
nous jetaient en passant les jeunes cavaliers; te rappelles-tu cela, Mariette?

— Comment oublier ces jolies choses!

— Il est surtout un souvenir, dit Regina... Je ne t'avais pas encore rencontrée, Mariette; j'étais avec la vieille Balbina. Nous étions malades toutes deux;
nous avions pris la malaria en traversant
un coin des marais Pontins, et, comme la
fièvre nous faisait frissonner sans cesse,
nous nous reposions en ce moment en
plein soleil et à l'heure la plus ardente du
jour. Nous jouissions voluptueusement
de la chaleur qui nous pénétrait, chaleur

délicieuse pour nous, intolérable pour tout autre, quand un galop rapide résonna bruyamment sur les pierres du chemin, et aussitôt un cavalier parut et s'arrêta en face de nous.

Son costume était brun, et sa toque de velours d'un rouge sombre, était ornée d'une longue plume blanche dont l'extrémité retombait en s'enroulant derrière sa tête. Echauffé par la course et par l'ardeur du soleil, son teint enflammé avait un éclat de vie et de jeunesse qui le rendait lumineux, et sa chevelure blonde, fouettée par un coup de vent qui mettait ses tempes à découvert, ressemblait à celle des archanges dans les fresques du Vatican. Légèrement penché sur le cou de son

cheval noir, dont les nerfs d'acier frémis-
saient d'impatience, le regard fixé sur
nous avec un mélange de surprise et d'intérêt, il formait, avec sa monture, le
groupe le plus gracieux que jamais le ci-
seau d'un artiste ait tiré d'un bloc de
marbre.

Au bout de quelques instants, il s'approcha de nous, et nous interrogea sur la
maladie qui paraissait nous consumer,
et quand Balbina lui eût appris que nous
étions minées par la malaria :

— Pauvres femmes ! dit-il tout haut.

Puis il ajouta plus bas et d'une voix
plus émue :

— Pauvre jeune fille !

Après quoi il prétendit tenir de sa mère

un secret pour cette fièvre pernicieuse, et
il appela à l'écart la vieille Balbina pour
le lui apprendre. Ils causèrent quelque
temps à voix basse, puis il me pria d'ap-
procher de son cheval, me pressa la main
en me souhaitant une prompte guérison,
et lâchant la bride au superbe animal,
qui piaffait et hennissait, il partit comme
un trait et s'évanouit comme un rêve.

Je sus alors que ce prétendu secret
confié à Balbina, c'était une bourse
pleine d'or qu'il n'avait osé donner devant moi, délicatesse qui me toucha vivement et ajouta encore au charme qu'il
avait laissé en moi.

— Et ce beau cavalier, vous ne l'avez
jamais revu, comtesse?

— Jamais, et c'est pour cela peut-être que son image est restée dans mon âme, étincelante et radieuse comme ces fantastiques silhouettes qui, au déclin du jour, planent, ardentes et immobiles sur un horizon de flamme.

— On frappa à la porte, Mariette courut ouvrir et Paolo entra.

— Vous m'avez fait demander, dit-il à Regina?

— Oui, pour deux choses fort graves; or, vous savez qu'il n'y a de grave et d'intéressant que le plaisir; c'est tout le reste qui est frivole et absurde.

— Cela est trop évident pour que je n'en convienne pas, répondit Paolo.

— Je veux vous prier d'abord de nous

accompagner dans une promenade sur l'Escaut.

— Je suis à vos ordres.

— J'ai à vous demander ensuite si la senora Cornelia tient toujours à cette fête dont l'à-propos ne sera pas à coup sûr le moindre mérite ?

— Plus que jamais.

— Et c'est toujours pour demain ?

— Toujours.

— A merveille.

— Vous y viendrez ?

— Pourquoi y manquerais-je? Je ne suis ni Espagnole ni Flamande ; ni bourreau ni victime.

— Cornelia sera heureuse de vous y voir.

— Et moi, ravie d'être agréable à cette douce créature.

— Regina! fit le comte avec humeur.

— Ah! à propos, noble comte Popoli, vous souvient-il que l'autre jour je vous ai dit, en parlant des ambitieux, qu'il suffirait de leur indiquer une lâcheté à commettre, pour qu'ils y courussent comme sur une proie.

— Il m'en souvient, mais que m'importe...

— Sans doute, mais dites-moi, vous sentez-vous la conscience bien nette en pensant à Mlle Noémie de Sterbeck?

— Est-ce ma faute, à moi, si j'ai cessé de l'aimer? règle-t-on son cœur à sa fantaisie?

— Ah ! c'est-à-dire que votre action se réduit à une simple infidélité de cœur ! C'est fort bien, et je ne puis que vous féliciter de savoir donner aux choses une si heureuse tournure.

— Regina, changeons d'entretien, je vous prie.

— Alors, parlons du costume que j'aurai demain, car c'est toujours une fête masquée, n'est-ce pas ?

— Sans doute.

— Je vous préviens d'abord que je veux être éblouissante, du moins, quant à l'habit. Il s'agit donc de choisir ce qu'il y a à la fois de plus riche et de plus élégant.

Paolo allait donner son opinion, quand

un domestique vint annoncer la visite du comte de Ristaël.

— Mon mari! s'écria Regina avec l'accent d'une vive surprise, que vient-il donc faire ici? que peut-il me vouloir?

Le comte entra.

Sur un signe de Regina, Mariette sortit.

XIII.

UN AMOUR DE VIEILLARD.

Le comte de Ristaël était un homme
de cinquante ans, mais il en paraissait
bien soixante — dix, tant ses épaules
étaient voûtées, tant son teint était pâle
et maladif, tant le feu de la fièvre brillait
dans ses yeux noirs, plongés sous l'ar—

cade sourcillère, qui surplombait étran-
gement, garnis d'épais sourcils blancs.

Il paraissait épuisé pour avoir traversé
les trois pièces qui séparaient sa chambre de celle de Regina, et il resta quelque temps silencieux et immobile dans le
fauteuil que lui avancé Paolo.

— Vous êtes toujours bien faible,
monsieur le comte, lui dit Regina.

— Faible et épuisé de corps, oui, répondit le comte; toute la force est là.

Et il posa le doigt sur son front.

Il reprit au bout d'un instant, d'une
voix plus ferme :

— Vous êtes surprise de me voir, Regina, et vous vous demandez quel motif
si grave a pu me faire quitter ma chambre

et mon laboratoire pour venir dans cette
chambre qui est la vôtre et où seul je
n'ai jamais mis les pieds.

— J'attends que vous veuillez bien
m'expliquer le motif d'une visite inatten-
due, je l'avoue, mais que je reçois avec
plaisir, répondit Regina du ton le plus
indifférent.

— C'est ce que je vais faire, dit le comte.

— Je me retire, dit Paolo en faisant un
mouvement pour se lever.

— Non, restez, comte Popoli, vous
n'êtes pas étranger à l'entretien que je
vais avoir avec la comtesse.

Paolo resta à sa place et attendit, fort
intrigué de savoir quel pouvait être le
sujet d'un entretien qui s'annonçait si

solennellement et comment il pouvait s'y trouver mêlé.

— Regina, reprit le comte, le chef du conseil des Troubles et sa fille Cornelia donnent une fête masquée demain soir.

— Je sais cela, répondit Regina.

— Je suis Flamand, mais bon catholique et sujet soumis du roi d'Espagne, reprit le comte, je puis donc m'abstenir, sans danger, de me rendre à cette fête, et ma dignité m'ordonne de ne point aller me confondre, pour danser et pour boire, avec les ennemis de mon pays.

— Je ne puis qu'approuver une si noble résolution, répondit Regina.

— Et comme tout est commun entre mari et femme, reprit le comte, les senti-

ments surtout, comme il est peu conve-
ble qu'on vous voie dans une fête où je ne
suis pas, une fête masquée, j'ai la conviction que vous n'avez pu songer à y prendre part.

— Et je parierais, moi, répliqua Regina, que vous avez la conviction toute
contraire.

— Ainsi, vous voulez vous rendre à
cette fête ?

— C'est mon intention positive et très-
arrêtée.

— Si pourtant je vous priais de n'en
rien faire ?

— Permettez-moi de répliquer à cette
question par une autre, et votre réponse
dictera la mienne.

I   19

— Je vous écoute, Regina.

— Monsieur le comte, vous aimez l'é-
tude de l'alchimie; vous éprouvez une
véritable passion pour vos alambics et vos
creusets; vous passez parmi eux vos
journées entières et une partie de vos
nuits, et c'est tout au plus si vous pouvez
vous arracher un quart-d'heure à votre
mystérieux laboratoire pour venir prendre vos repas avec nous; eh bien! si je
vous priais de renoncer à cette étude dans
laquelle vous vous absorbez avec tant de
délices, que vous aimez, pour le moins,
autant que j'aime les fêtes et les plaisirs,
dites, vous rendriez-vous à ma prière?

Le comte regarda Regina avec un sou-

rire qui avait quelque chose de douloureux, et répondit :

— Oui, je renoncerais à ces travaux,
non seulement sans hésitation, mais sans
le moindre effort.

— J'avoue, dit Regina stupéfaite, que
je ne l'aurais pas cru.

— C'est que vous ignorez la véritable
cause de cette ardeur pour l'étude d'une
science qui ne m'inspire aucune sympathie et dans laquelle j'ai cherché vaine-
ment l'oubli de la seule passion de ma
vie, dit le comte d'une voix brisée.

— Et cette passion, quelle est-elle ?
demanda Regina.

— Je vais vous le dire, quoique vous
m'ayez parfaitement compris.

Le comte reprit après un moment de
rêverie :

— Le jour où je vous rencontrai à
Florence, Regina, je me sentis pris de ce
vertige de la passion qui vous met du feu
dans les veines, un voile sur les yeux et
la folie dans l'âme. Toutes les grâces et
tous les éblouissements de la jeunesse
étaient en vous ; je touchais aux premières limites de la vieillesse : cet amour était
un abîme dans lequel j'allais jeter mon
bonheur, ma raison, toute ma vie ; je le
voyais clairement, et je n'eus pas même
un seul instant la pensée de le combattre.
Vous vous appeliez alors la baronne Tibaldi et vous habitiez un palais avec le
comte Popoli, votre frère ; j'appris, sans

le vouloir, car je soupçonnais la vérité et
ne voulais pas la connaître, j'appris
qu'il y avait eu, en effet, un baron Tibaldi ; que ce baron, en mourant, vous
avait laissé son palais et sa fortune, mais
qu'il n'avait jamais été votre époux.

A ces mots, Paolo tressaillit, et Regina
se leva d'un bond ; mais se dominant
aussitôt, elle se rassit, et s'adressant au
comte avec l'apparence du plus grand
calme :

— Ah ! vous saviez cela ? dit-elle.

— Et non seulement mon amour n'en
fut pas altéré, mais je vous justifiai complétement dans mon esprit, car je sus que
jamais l'œil d'une mère n'avait veillé sur
vous, que, jetée tout enfant dans une vie

de hasard et d'aventure , vous n'aviez
jamais eu d'autre guide que le caprice
et l'inexpérience, et que toute votre
famille, enfin, se composait d'un frère,
espèce d'aventurier qui, après avoir
échappé à la corde en Espagne, sous son
vrai nom de Lazzaro, s'était rappelé sa
sœur le jour où il l'avait vue riche, et
avait pris le nom de comte Popoli pour
venir partager sa fortune.

— Monsieur le comte, s'écria Paolo
feignant une profonde indignation pour
dissimuler le trouble violent auquel il
était en proie, je voudrais savoir qui a pu
imaginer...

— Je savais tout cela, reprit le comte
de Ristaël sans daigner répondre à Paolo,

et rien n'a pu m'empêcher de vous donner mon nom, Regina. Je ne vous demandais en échange ni un sentiment
semblable à celui que vous m'aviez inspiré, ni une reconnaissance à laquelle je
n'avais aucun droit, puisque je n'avais
écouté que ma passion en vous épousant,
mais je croyais pouvoir compter sur un
peu d'affection, sur quelques égards, sur
la pitié enfin dont ma misérable passion se
fût contentée à défaut du reste, et je n'ai
rien trouvé en vous, rien, rien! murmura le vieillard d'une voix sourde et en
laissant retomber sa tête sur sa poitrine
avec l'expression d'un immense découragement.

— Monsieur le comte... dit la jeune femme.

Mais le comte l'interrompit.

— Laissez-moi achever, Regina ; je vous écouterai ensuite. Quand je me fus bien convaincu que je n'avais pas une heure de joie, pas une minute de conso-lation à espérer près de vous ; quand je m'aperçus que rien au monde ne saurait vous résoudre à mettre un frein à ces in-conséquences sans nombre, à cette co-quetterie sans égale qui me jetaient dix fois par jour dans un accès de jalousie furieuse ; quand je compris enfin que ma raison commençait à s'ébranler, et allait bientôt disparaître sous l'excès d'une torture incessante, c'est alors que

je conçus le dessein de tuer une passion
par une autre, et d'absorber toutes mes
pensées dans l'étude d'une science qui,
dit-on, s'empare si violemment et si
complétement de toutes les facultés.

Voilà près de deux années que j'essaie
de me passionner pour ces mystères
étranges à la recherche desquels se sont
usées tant et de si hautes intelligences;
mais tous mes efforts sont vains, je reste
de glace pour ces études si intéressantes,
et la flamme funeste me brûle toujours et
se fait un aliment de ce qui devait l'é-
teindre.

Le comte de Ristaël s'interrompit un
instant, épuisé par l'émotion à laquelle

il venait de se laisser entraîner. Il reprit
bientôt :

— Je suis fâché, Regina, de m'être
laissé aller à rappeler des souvenirs et des
souffrances dont j'avais résolu de ne plus
vous parler; ce n'est pas là ce qui m'a-
menait près de vous, aujourd'hui; voilà,
en deux mots, le motif de ma visite :

Laissons-là mon amour et ma jalousie,
deux choses dont un vieillard peut mourir
sans exciter autre chose que la risée, et
parlons de ce dont on a le droit de s'inquiéter en tout temps et à tout âge, de
mon nom et de mon honneur. C'est dans
l'intérêt de l'un et de l'autre, Regina, que
je viens vous supplier aujourd'hui de ne
pas vous rendre à cette fête, où l'extrême

liberté de vos manières et votre irrésistible penchant à la coquetterie, ne peuvent que nous exposer, moi au ridicule,
vous à d'insolents hommages.

— Monsieur le comte, répondit Regina
avec un sérieux et une fermeté qui tranchaient avec ses façons habituelles, puisque nous sommes sur ce terrain, il faut
le déblayer une bonne fois pour n'y plus
revenir. Dans les souvenirs que vous venez de rappeler, vous avez oublié le lan-
gage que je vous ai tenu le jour où vous
m'avez fait l'honneur de m'offrir votre
main; laissez-moi donc combler cette
lacune. Voici à peu près le résumé de ce
que je vous dis alors : je me trouve
heureuse ainsi, je ne tiens nullement à

changer de position, et si j'y consens, ce
sera à la condition expresse de conserver
entière toute la liberté dont je jouis aujourd'hui, de ne m'imposer aucune con-
trainte, pas même celle de feindre pour
vous un amour que je ne ressens pas encore, et de ne suivre en toutes choses que
mon caprice enfin, comme si nul lien
n'existait entre nous; vous rappelez-vous
cela, monsieur le comte?

— Parfaitement, et je crois m'être ri-
goureusement conformé, jusqu'à ce jour,
aux closes de l'étrange pacte si follement
accepté par moi; mais cette liberté que
vous réclamez si haut a une limite, et
cette limite est le point au-delà duquel
elle blesserait mon honneur. Ecoutez

bien ce que je vais vous dire à cet égard,
Regina, et soyez assurée que je tiendrai
fidèlement ma parole. Allez à cette fête,
puisque vous le voulez absolument, mais
allez-y avec cette pensée, qui vous sera
peut-être un frein salutaire, c'est que si
vous vous y rendiez coupable d'une inconséquence assez grave pour jeter le ridicule ou la honte sur mon nom, je m'occupe dès le lendemain de faire casser
notre mariage, et grâce au faux nom de
baronne Tibaldi, que vous portiez en
m'épousant, grâce au passé de M. le comte
de Popoli, votre frère, je suis certain du
succès. Réfléchissez maintenant, je n'ai
plus rien à vous dire, et je vous laisse.

Il se leva ; mais avant de sortir il dit à
Paolo :

— Noble comte Popoli, prenez garde !
la senora Cornelia n'épouserait pas un
Lazzaro, qui, d'ailleurs, appartient au
bourreau depuis longtemps ; votre fortune pourrait bien crouler à cette fête.

Et il se retira, laissant Paolo tout
étourdi de ces dernières paroles.

Regina paraissait toute songeuse.

— Vous n'irez pas à cette fête, n'est-ce
pas ? lui demanda Paolo.

Regina ne répondit pas.

— A quoi songez-vous donc ? reprit
Paolo.

— Au costume que je mettrai demain,
répondit Regina.

— Miséricorde! murmura Paolo, Dieu
sait les folies qui peuvent lui traverser
l'esprit! Pourquoi faut-il que ma fortune dépende des inspirations d'une pareille tête!

XIV.

PENDANT LA FÊTE.

Cornelia, voulant lutter de magnifi-
cence avec ces marchands flamands, dont
quelques-uns, disent les historiens de
l'époque, étaient assez riches pour prêter
à des rois, avait veillé elle-même aux pré-
paratifs de sa fête, qui surpassait, par l'é-

clat et le bon goût, tout ce qu'on avait
vu jusque-là à Anvers.

Comme elle l'avait prévu, toutes les
grandes familles, encore sous le coup de
l'épouvante qui glaçait les cœurs depuis
l'exécution des frères de Sterbeck, s'é-
taient rendues à son invitation, et remplis-
saient les vastes salons de l'hôtel, splen-
didement éclairés par des milliers de
bougies.

Elle et son père, entrant complétement
dans leur rôle de maîtres de maison, ac-
cueillaient les grandes familles aristo-
cratiques et bourgeoises d'Anvers avec
autant de grâce et d'abandon que s'il n'y
avait pas entre eux des échafauds et des
flots de sang.

Paolo, accepté par don Gonzalvo et
hautement déclaré comme futur époux
de Cornelia, s'était joint au père et à la
fille pour faire les honneurs de cette fête,
ce qui, publiquement, aux yeux de tout
Anvers, le constituait membre de la famille.

— Comte Popoli, lui dit Cornelia, saisissant le moment où ils se trouvaient
seuls dans une salle de passage, ne quit-
tez pas la fête un seul instant de toute la
nuit; je viens de voir Gomez, et, dans
quelques heures peut-être, nous aurons
entre les mains le pacte de la grande association des foulons, avec la signature
des sept chefs de la société.

— Ce serait une véritable victoire, dit

Paolo, et peut-être Philippe II saisirait-
il cette occasion de vous nommer enfin
gouvernante des Pays-Bas.

— J'en ai l'espoir, répliqua Cornelia
avec feu, et, pour que votre nom soit tout
de suite en faveur auprès du roi, je vais
songer aux moyens de le mêler glorieuse-
ment à cette affaire.

Elle reprit sur un autre ton :

— Où est la comtesse de Ristaël, en ce
moment ?

— Je ne sais. Nous sommes venus ensemble, mais je l'ai quittée en entrant
pour vous aborder, et je ne l'ai plus
revue.

— Tâchez de la résoudre, ne fût-ce que
pour cette nuit, à imiter la gravité de

nos Espagnoles et le calme de nos Fla-
mandes.

— Je l'ai déjà fait, et Dieu veuille
qu'elle m'écoute!

— Faites-lui comprendre que si la frivolité de son caractère et les étranges
licences qu'elle se permet venaient à
donner prise à la calomnie, notre union
deviendrait impossible.

— Je le lui ai dit... je le lui ai dit de la
part de son mari, dont toutes ces façons
italiennes exaltent la jalousie, et elle devrait veiller cette nuit sur elle-même
avec d'autant plus de soin, que nous
avons ici un ennemi, un neveu du comte,
Louis de Ristaël, qui, furieux de se voir
enlever par ce mariage une fortune dont

il devait hériter, prendra note de ses
moindres légèretés, et les rapportera en
les aggravant.

Leur attention fut attirée en ce moment
par un jeune homme, d'une taille élevée,
d'une tournure dont la grâce et l'aisance
pleine de distinction, fixaient les regards
de toute l'assemblée. Par la richesse et
l'élégance de ses vêtements, il éclipsait,
comme par ses façons, tous les autres cavaliers, et toutes les femmes avaient déjà
remarqué la blancheur de son cou, sur
lequel retombait une épaisse chevelure
blonde, et la jeunesse des contours de
son visage, que toutes déclaraient charmant, malgré le masque de velours qui
en couvrait la plus grande partie.

Il était seul, traversant les salons et les galeries avec une nonchalance et un abandon qui lui donnaient l'air d'un roi au milieu de ses sujets.

— Savez-vous quel est ce jeune homme? demanda Cornelia à un groupe d'Espagnols qui passaient près d'elle en ce moment.

— Tout le monde croit le reconnaître, répondit une jeune femme, mais attendu le nombre considérable de maris malheureux qu'il a faits dans cette ville, on a peine à croire, malgré sa bravoure bien connue, qu'il ose y reparaître.

— Enfin, quel est-il?

— On dit que c'est le prince Farnèse.

— En effet, dit sévèrement Cornelia,

il s'est fait ici, par ses bonnes fortunes,
une honteuse célébrité, et je lui trouve
bien de l'audace de venir braver ainsi
les gens qu'il a si mortellement offensés.

— On assure, reprit l'Espagnole, qu'il
n'a respecté qu'une seule femme quoiqu'il l'aimât, dit-on, d'un amour sans
égal, c'est la belle Mme Roosendal.

— Tous les triomphes et toutes les
auréoles qui puissent rayonner sur le
front d'une vertu parfaite, cette femme
les a obtenus, répondit Cornelia. Mais,
dites-moi, d'où vient l'espèce de sérénité
que je remarque chez tous ces Flamands,
que je craignais de voir arriver avec l'a-
battement et la consternation sur le visage?

— Ne savez-vous pas que l'évêque de Liége est attendu ces jours-ci à Anvers.

— Je le sais, mais que leur importe !

— Cela les intéresse beaucoup, au contraire, car on prétend que le but du prélat, en venant ici, est d'implorer votre clémence en faveur des hérétiques et de demander qu'on lui confie la tâche de les arracher à l'erreur par la persuasion.

— Ah ! dit Cornelia avec un sourire ironique, c'est là ce qui nous amène le saint évêque.

— Aussi se prépare-t-on à l'accueillir avec une pompe merveilleuse. Tous les notables, tous les corps de métiers doivent aller le recevoir aux portes de la ville, précédés d'une députation de femmes, dont l'une d'elles lui remettra une palme d'or, symbole de la mission qu'il vient accomplir.

— C'est bien, dit Cornelia de sa voix tranchante, nous lui répondrons, à cet évêque.

Un mouvement se manifesta tout à coup vers l'une des portes.

— Qu'est-ce? demanda Cornelia à Paolo.

— Madame Roosendal qui entre avec son fils.

— La plus considérée des bourgeoises d'Anvers! dit Cornelia; allons au-devant d'elle, comte Popoli.

L'entrée de Mme Roosendal produisait en effet une vive sensation; hommes et

femmes, Espagnols et Flamands, tout le
monde s'était porté en avant pour la voir.

La beauté de Madeleine reflétait admirablement son caractère, et, pour ainsi
dire, toute sa vie ; les lignes pures et har-
monieuses de son visage trahissaient une
âme qui ne s'était ouverte qu'aux joies
calmes et chastes de la famille, aux saintes émotions du foyer domestique; les
orages de la passion n'avaient jamais as-
sombri ce front de madone où la tendresse et l'orgueil maternels éclataient
dans toute leur sérénité; jamais une
pensée coupable n'avait dû briller au
fond de ces yeux noirs, dont le regard
avait à la fois la candeur de la vierge et
l'éloquence de la femme.

Quelque chose de tendre et de mélan-
colique, de doux et de compatissant en-
veloppait cette belle tête comme un voile
invisible et ajoutait à tant de perfections
un vague et irrésistible attrait.

Bien des gens avaient cherché la signi-
fication de cette légère teinte de mélan-
colie. Une image, un rêve, avaient-ils
traversé cette vie toute radieuse de vertu,
cet oasis de calme et d'innocence? Madeleine n'avait montré qu'indifférence et
mépris pour l'amour du prince Farnèse,
mais avait-elle pu rester insensible au
désespoir immense sous lequel celui-ci
était resté accablé jusqu'au jour où il
avait quitté Anvers? Malgré son invaria-
ble et sincère affection pour son mari,

ses admirateurs eux-mêmes admettaient cette supposition, et lui en faisaient un mérite de plus.

Guillaume Roosendal étant arrivé depuis longtemps déjà avec quelques notables de la ville, Madeleine entra appuyée sur le bras de son fils.

Quand Christian vit la foule se presser ainsi au-devant de sa mère, quand il entendit les murmures d'admiration qui s'élevaient sur son passage, une vive expression d'orgueil et de bonheur illumina ses traits et il savoura ce triomphe avec un indicible ravissement.

Madeleine, elle, tout occupée de son fils, promenait ses regards de tous côtés et semblait chercher quelqu'un. Au bout

de quelques instants, le reflet d'une joie
intérieure passa dans ses yeux, et elle
entraîna doucement le jeune homme
dans une direction opposé à celle qu'ils
suivaient.

— Vous cherchez quelqu'un de ce
côté, ma mère? lui demanda Christian.

— Tiens, voilà ce que je cherchais, dit
Madeleine en s'arrêtant tout à coup.

Ils venaient de rencontrer Sabine avec
son père.

— Vous arrivez à propos, dit Sabine à
Christian; voici la musique, les danses
vont commencer.

Et les deux jeunes gens, accompagnés
du comte, se dirigèrent vers la salle où se
faisait entendre la musique.

Madeleine resta sur le siége où elle s'é-
tait assise.

Au bout de quelques minutes, l'air
devenant épais et lourd par l'affluence de
monde qui encombrait la salle, elle chercha du regard quelque fenêtre où elle pût
aller respirer. Elle s'aperçut alors qu'elle
était à deux pas d'un immense balcon de
pierre, séparé de la salle par une ample
et lourde draperie de velours.

Madeleine souleva la draperie et péné-
tra sur le balcon.

Un homme, qui la suivait du regard
depuis son entrée, se dirigea lentement
de ce côté.

FIN DU PREMIER VOLUME.

Vernon, Imprimerie Aubin-Hunebelle.